Maktub

PAULO Coelho

Maktub

grijalbo

MAKTUB

Traducción: Ana Belén Costas

© 1994, Paulo Coelho

http://www.paulocoelho.br

D.R. © 2003, por EDITORIAL GRIJALBO, S.A. de C.V.
   (Grijalbo Mondadori)
   Av. Homero núm. 544,
   Col. Chapultepec Morales, C.P. 11570
   Miguel Hidalgo, México, D.F.

www.randomhousemondadori.com.mx

Este libro no puede ser reproducido,
total o parcialmente,
sin autorización escrita del editor.

ISBN 970-05-1566-4

Maktub, de Paulo Coelho,
se terminó de imprimir en mayo de 2003 en
Printer Colombiana, S.A.
Calle 64 núm. 88 A-30
Bogotá, D.C., Colombia

*Para Nhá Chica, Patrícia Casé,
Edinho y Alcino Leite Neto*

Nota del autor

Maktub no es un libro de consejos, sino un intercambio de experiencias. Se compone en gran parte de las enseñanzas de mi maestro, a lo largo de once largos años de convivencia. Otros textos son relatos de amigos, o de personas con las que estuve una sola vez, pero que me dejaron un mensaje inolvidable. Finalmente, hay libros que leí e historias que, como dice el jesuita Anthony Mello, pertenecen a la herencia espiritual de la raza humana.

Maktub nació de una llamada telefónica de Alcino Leite Neto, en aquel entonces director de la sección «Ilustrada» de *A Folha de São Paulo*. Yo estaba en Estados Unidos y recibí la propuesta sin saber exactamente lo que iba a escribir. Pero el desafío era estimulante, y decidí afrontarlo; vivir es correr riesgos.

Al ver el trabajo que me daba, casi desistí. Además, como tenía que viajar para promocionar mis libros en el extranjero, la columna de todos los días se convirtió en un tormento. Sin embargo, las señales me decían que continuase: me llegaba una carta de algún lector, un amigo me comentaba algo, alguien me enseñaba los recortes guardados en su cartera.

Poco a poco, fui aprendiendo a ser objetivo y directo en el texto. Me vi obligado a releer textos que había evitado volver a leer, y el placer de este reencuentro fue inmenso.

Comencé a anotar más cuidadosamente las palabras de mi maestro. En fin, me puse a mirar todo lo que ocurría a mi alrededor como un motivo para escribir *Maktub*; y esto me enriqueció de tal manera que hoy siento gratitud hacia esa tarea diaria.

Para este volumen he seleccionado textos publicados en *A Folha de São Paulo* entre el 10 de junio de 1993 y el 11 de junio de 1994. Las columnas sobre el guerrero de la luz no forman parte de este libro, se han publicado en *El Manual del Guerrero de la Luz*.

En el prefacio de uno de sus libros de relatos, Anthony Mello comenta: «Mi tarea fue simplemente la de tejedor, no merezco el mérito del algodón ni del lino.»

Ni yo, tampoco.

PAULO COELHO

*Yo te alabo, Padre,
porque has ocultado estas cosas
a los sabios y prudentes y
las has revelado a los pequeños.*

Lucas, 10, 21

El viajero está sentado en medio de la vegetación, mirando una casa humilde que está enfrente de él. Ya había estado allí antes, con algunos amigos, y todo lo que había notado entonces fue la semejanza entre el estilo de la casa y el de un arquitecto español, que vivió hace muchos años, y que jamás estuvo en aquel sitio.

La casa queda cerca de Cabo Frío, en Río de Janeiro, y está totalmente construida de trozos de vidrio. Su dueño, Gabriel, soñó en 1899 con un ángel que le decía: «Construye una casa de trozos.» Gabriel empezó a coleccionar ladrillos rotos, platos, porcelanas y jarras partidas. «Cada trocito, transformado en belleza», decía Gabriel de su trabajo. Durante los primeros cuarenta años, los habitantes del lugar afirmaban que estaba loco. Después, algunos turistas descubrieron la casa, y comenzaron a llevar a los amigos; Gabriel se convirtió en un genio. Pero la novedad pasó, y Gabriel volvió al anonimato. Aun así, siguió construyendo; a los noventa y tres años de edad, colocó el último trozo de vidrio. Y murió.

El viajero enciende un cigarrillo, fuma en silencio. Hoy no piensa en la semejanza entre la casa de Gabriel y la arquitectura de Gaudí. Mira los trozos, reflexiona sobre su propia existencia. También ella, como la de cualquier persona, está hecha de pedazos de todo lo

vivido. Pero, en un determinado momento,
estos fragmentos empiezan a tomar forma.
Y el viajero recuerda un poco de su pasado,
viendo los papeles en su regazo. En ellos están
los pedazos de su vida: situaciones vividas,
párrafos de libros que siempre recuerda,
enseñanzas de su maestro, historias de los
amigos, fábulas que le contaron alguna vez. En
ellos, hay reflexiones sobre su época y sobre los
sueños de su generación.
De la misma manera que un hombre soñó con
un ángel y construyó la casa que está ante sus
ojos, él intenta ordenar esos papeles, para
comprender su propia construcción espiritual.
Recuerda que, cuando era niño, leyó un libro de
Malba Tahan titulado *Maktub* y piensa:
«¿Debería hacer yo lo mismo?»

Dice el maestro:
Cuando presentimos que ha llegado la hora de cambiar, comenzamos, inconscientemente, a repasar la película de nuestras derrotas hasta ese momento.
Está claro que, a medida que envejecemos, nuestra cota de momentos difíciles es mayor. Pero, al mismo tiempo, la experiencia nos ha dado medios para superar estas derrotas y encontrar el camino que nos permite seguir adelante. También es preciso poner esta película en nuestro vídeo mental.
Si sólo vemos la película de las derrotas, nos quedaremos paralizados. Si sólo vemos la de la experiencia, acabaremos creyéndonos más sabios de lo que realmente somos.
Necesitamos las dos películas.

Imagina una oruga. Pasa gran parte de su vida en el suelo, viendo a los pájaros, indignada con su destino y con su forma. «Soy la más despreciable de las criaturas —piensa—. Fea, repulsiva, condenada a arrastrarme por la tierra.» Un día, sin embargo, la Naturaleza le pide que haga un capullo. La oruga se asusta, nunca antes había hecho un capullo. Piensa que está construyendo su tumba y se prepara para morir. Aunque indignada con la vida que ha llevado hasta entonces, se queja de nuevo a Dios. «Cuando por fin me he acostumbrado, Señor, me quitas lo poco que tengo.»
Desesperada, se encierra en el capullo y espera el fin. Algunos días después, se ve transformada en una linda mariposa. Puede pasear por el cielo y ser admirada por los hombres. Se sorprende con el sentido de la vida y con los designios de Dios.

Un forastero buscó al padre Pastor en el monasterio de Sceta.

—Quiero mejorar mi vida —dijo—. Pero no consigo dejar de pensar en cosas pecaminosas.

El padre Pastor se dio cuenta de que fuera hacía viento y pidió al forastero:

—Hace calor aquí. ¿Podrías coger un poco de viento de fuera, y traerlo para refrescar la sala?

—Eso es imposible —dijo el forastero.

—También es imposible dejar de pensar en cosas que ofenden a Dios —respondió el padre—. Pero si sabes decir que no a las tentaciones, no te causarán ningún daño.

Dice el maestro:
Si hay que tomar una decisión, es mejor seguir adelante y atenerse a las consecuencias. No sabrás de antemano cuáles serán esas consecuencias.
Las artes adivinatorias fueron hechas para aconsejar al hombre, y no para predecir el futuro. Son excelentes consejeras, pero pésimas profetisas.
Di la oración que Jesús nos enseñó: «Hágase Tu voluntad.» Cuando esa voluntad supone un problema, trae consigo una solución. Si las artes adivinatorias predijesen el futuro, todos los adivinos serían ricos, felices y estarían casados.

El discípulo se acercó al maestro:

—Durante años he buscado la iluminación —dijo—. Siento que estoy cerca. Quiero saber cuál es el paso siguiente.

—¿De qué vives? —le preguntó el maestro.

—Todavía no he aprendido a ganarme la vida; me ayudan mi padre y mi madre. En cualquier caso, es un detalle insignificante.

—El paso siguiente es mirar al sol durante medio minuto —dijo el maestro.

El discípulo obedeció.

Al acabar, el maestro le pidió que describiese el campo a su alrededor.

—No puedo verlo, el brillo del sol cegó mis ojos —respondió el discípulo.

—Un hombre que sólo busca la Luz, y deja sus responsabilidades a los demás, acaba por no encontrar la iluminación. Un hombre que mantiene sus ojos fijos en el sol acaba por quedarse ciego —comentó el maestro.

Un hombre caminaba por un valle de los Pirineos cuando se encontró con un viejo pastor. Compartió su comida con él y pasaron un largo rato conversando sobre la vida. El hombre decía que, si creyese en Dios, tendría que creer también que no era libre, ya que Dios dirigiría cada uno de sus pasos.
Entonces el pastor lo llevó hasta un desfiladero donde se podía escuchar, con toda nitidez, el eco de cualquier ruido.
—La vida son estas paredes y el destino es el grito de cada uno —dijo el pastor—. Todo aquello que hagamos será llevado hasta Su corazón, y nos será devuelto de la misma forma.
«Dios acostumbra a actuar como el eco de nuestras acciones.»

Maktub quiere decir «está escrito». Para los árabes, «está escrito» no es la mejor traducción porque, aunque todo esté escrito, Dios es misericordioso, y sólo gastó su pluma y su tinta para ayudarnos. El viajero está en Nueva York. Se ha despertado tarde para una reunión y, al bajar, descubre que la grúa se ha llevado su coche.

Llega después de la hora prevista, la comida se prolonga más de lo necesario, piensa en la multa; «va a costarme una fortuna». De repente, se acuerda del billete de un dólar que encontró el día anterior. Establece una relación extraña entre ese billete y lo que pasó por la mañana. «¿Quién sabe si no cogí el billete antes de que la persona adecuada lo encontrase? ¿Quién sabe si no saqué ese dólar del camino de alguien que lo necesitaba? ¿Quién sabe si interferí en lo que estaba escrito?»

Necesitaba librarse de él y, en ese momento, ve a un mendigo sentado en el suelo.

Le entrega rápidamente el dólar.

—Un momento —dice el mendigo—. Soy poeta, quiero pagarte con una poesía.

—La más corta, porque tengo prisa —responde el viajero.

El mendigo dice:

—Si aún sigues vivo es porque todavía no has llegado a donde debías.

El discípulo dijo al maestro:
—He pasado gran parte del día pensando cosas que no debía pensar, deseando cosas que no debía desear, haciendo planes que no debía hacer.
El maestro invitó al discípulo a dar un paseo por el bosque cercano a su casa. Por el camino, señaló una planta y le preguntó al discípulo si sabía qué era.
—Belladona —respondió el discípulo—. Puede matar al que coma sus hojas.
—Pero no puede matar al que simplemente las contempla —dijo el maestro—. De la misma manera, los deseos negativos no te pueden causar daño alguno si no te dejas seducir por ellos.

Entre Francia y España hay una cadena de montañas. En una de esas montañas, hay una aldea llamada Argelès. En esa aldea, hay una ladera que lleva hasta el valle.

Todas las tardes, un anciano sube y baja esa ladera. Cuando el viajero fue a Argelès por primera vez, no se fijó en nada. La segunda vez vio que se cruzaba con un hombre. Y cada vez que iba a aquella aldea, se fijaba en más detalles, la ropa, la boina, el bastón, las gafas. Hoy en día, siempre que piensa en la aldea, también piensa en el viejecito, aunque él no lo sepa.

El viajero conversó con él en una única ocasión.

A modo de broma, le preguntó:

—¿Cree que Dios vive en estas montañas que nos rodean?

—Dios vive —respondió el viejecito— en los lugares en los que lo dejan entrar.

Una noche, el maestro se reunió con los discípulos, y les pidió que encendiesen una hoguera para que pudiesen conversar en torno a ella.
—El camino espiritual es como el fuego que arde ante nosotros —dijo—. El hombre que desee encenderlo ha de soportar el humo desagradable, que hace que la respiración sea difícil y que produce lágrimas en los ojos.
Así es la reconquista de la fe.
—Sin embargo, una vez que el fuego está encendido, el humo desaparece, y las llamas lo iluminan todo, dándonos calor y calma.
—¿Y si alguien encendiera el fuego por nosotros? —preguntó uno de los discípulos—. ¿Y si alguien nos ayudase a evitar el humo?
—Si alguien hiciese eso, sería un falso maestro que puede dirigir el fuego a su voluntad, o apagarlo en el momento que quiera. Y como no enseñó a nadie a encenderlo, puede dejar el mundo entero a oscuras.

Una amiga tomó a sus tres hijos y decidió irse a vivir a una pequeña hacienda en el interior de Canadá. Quería dedicarse sólo a la contemplación espiritual.
En menos de un año, se enamoró, se casó otra vez, estudió las técnicas de meditación de los santos, luchó por un colegio para sus hijos, hizo amigos, hizo enemigos, descuidó su tratamiento bucal, tuvo un absceso, hizo autostop bajo tempestades de nieve, aprendió a arreglar el coche, a descongelar las tuberías, a estirar el dinero de la pensión para llegar hasta fin de mes, a vivir del subsidio de desempleo, a dormir sin calefacción, a reírse sin motivo, a llorar de desesperación, a construir una capilla, a hacer reparaciones en casa, a pintar paredes, a dar cursos sobre contemplación espiritual.
—Finalmente comprendí que la vida en oración no significa aislamiento —dijo—. El amor de Dios es tan grande que hay que compartirlo.

—Cuando empieces tu camino, encontrarás una puerta con una frase escrita en ella —dice el maestro—. Vuelve y dime qué dice esa frase.
El discípulo se entrega en cuerpo y alma a la búsqueda.
Un día ve la puerta y vuelve junto al maestro.
—Estaba escrito al comienzo del camino: «Esto no es posible» —dice.
—¿Dónde estaba eso escrito, en un muro o en una puerta? —pregunta el maestro.
—En una puerta —responde el discípulo.
—Pues pon la mano en la manecilla y abre.
El discípulo obedece. Como la frase está pintada en la puerta, se va moviendo con ella. Con la puerta totalmente abierta, ya no puede leer la frase, y sigue adelante.

Dice el maestro:
Cierra los ojos. Ni tan siquiera necesitas cerrar los ojos, basta con que imagines la siguiente escena: una bandada de pájaros volando.

Vale, ahora dime cuántos pájaros ves, ¿cinco, once, diecisiete?

Sea cual sea la respuesta, y prácticamente nadie puede decir el número exacto, algo queda claro tras esta pequeña experiencia. Puedes imaginar una bandada de pájaros, pero el número de aves escapa a tu control. Sin embargo, la escena era clara, nítida, exacta. En algún lugar hay una respuesta para esta pregunta.

¿Quién especificó el número de pájaros que debía aparecer en la escena? No fuiste tú.

Un hombre decidió visitar a un ermitaño que vivía cerca del monasterio de Sceta. Después de caminar sin rumbo por el desierto, acabó encontrando al monje.
—Necesito saber cuál es el primer paso que hay que dar en el camino espiritual —dijo.
El ermitaño lo llevó hasta un pequeño pozo y le pidió que mirase su reflejo en el agua. El hombre obedeció, pero el ermitaño empezó a tirar piedras al agua e hizo que la superficie se moviese.
—No podré ver bien mi rostro mientras usted siga tirando piedras —dijo el hombre.
—Del mismo modo que es imposible para un hombre ver su rostro en aguas turbulentas, también es imposible buscar a Dios si la mente está ansiosa con la búsqueda —dijo el monje—. Éste es el primer paso.

En la época en que el viajero practicaba meditación zen budista, había un momento en el cual el maestro iba hasta la esquina del *dojo* (lugar donde se reunían los discípulos) y volvía con una varita de bambú. Algunos discípulos, que no habían conseguido concentrarse totalmente, levantaban la mano: el maestro se acercaba y les daba tres golpes en cada hombro.

El primer día esto pareció medieval y absurdo. Más tarde, el viajero entendió que muchas veces es necesario traer al plano físico el dolor espiritual, para ver el daño que causa. En el camino de Santiago, aprendió un ejercicio que consistía en clavar la uña del índice en el pulgar cada vez que pensaba algo perjudicial.

Las terribles consecuencias de los pensamientos negativos se notan demasiado tarde. Sin embargo, haciendo que estos pensamientos se manifiesten en el plano físico, a través del dolor, nos damos cuenta del daño que eso nos produce. Y acabamos por evitarlos.

Un paciente de treinta y dos años buscó al terapeuta Richard Crowley.
—No consigo dejar de chuparme el dedo —dijo.
—No se acostumbre a ello —respondió Crowley—. Pero chúpese un dedo distinto cada día de la semana.
A partir de ese momento, cada vez que el paciente se llevaba la mano a la boca, se veía instintivamente obligado a escoger el dedo que debía ser objeto de su atención ese día. Antes de que acabase la semana, estaba curado.
—Cuando el mal se convierte en un hábito, es difícil lidiar con él —dice Richard Crowley—. Pero cuando nos exige nuevas actitudes, decisiones, elecciones, entonces nos concienciamos de que no vale la pena tanto esfuerzo.

En la antigua Roma, un grupo de hechiceras conocidas como las Sibilas escribió nueve libros que contaban el futuro de Roma. Le llevaron los nueve libros a Tiberio.

—¿Cuánto cuestan? —preguntó el emperador de Roma.

—Cien monedas de oro —respondieron las Sibilas.

Tiberio, indignado, las expulsó. Las Sibilas quemaron tres libros y volvieron.

—Siguen costando cien monedas —dijeron.

Tiberio se rió y no aceptó. ¿Pagar por seis libros lo mismo que pagaría por nueve?

Las Sibilas quemaron otros tres libros y volvieron con los tres restantes.

—Siguen costando cien monedas de oro —dijeron.

Tiberio, mordido por la curiosidad, acabó pagando, pero sólo consiguió leer parte del futuro de su imperio.

Dice el maestro:

Forma parte del arte de vivir no regatear con la oportunidad.

Las palabras son de Rufus Jones:

—No me interesa construir nuevas torres de Babel usando como excusa la idea de que necesito llegar hasta Dios.

»Estas torres son abominables; algunas están hechas de cemento y ladrillos; otras, con pilares de textos sagrados. Algunas fueron construidas con viejos rituales, y muchas son erigidas con las nuevas pruebas científicas de la existencia de Dios.

»Todas estas torres, que nos vemos obligados a escalar desde una base oscura y solitaria, pueden darnos una idea de la visión de la Tierra, pero no nos conducen al cielo. Todo lo que conseguimos es la misma y vieja confusión de lenguas y emociones.

»Para Dios, los puentes son la fe, el amor, la alegría y la oración.

Dos rabinos intentan a toda costa llevar la paz espiritual a los judíos de la Alemania nazi. Durante dos años, aunque muertos de miedo, engañan a sus perseguidores y ofician ceremonias religiosas en varias comunidades.
Finalmente los llevan presos. Uno de los rabinos, atemorizado por lo que pueda pasar de ahí en adelante, no deja de rezar ni un momento. El otro, por el contrario, se pasa todo el día durmiendo.

—¿Por qué te comportas así? —pregunta el rabino, asustado.

—Para ahorrar fuerzas. Sé que voy a necesitarlas de ahora en adelante —dice el otro.

—Pero ¿no tienes miedo? ¿No sabes lo que puede pasarnos?

—Tuve miedo hasta el momento en que nos apresaron. Ahora que estoy preso, ¿qué ganaría temiendo lo que ya ha ocurrido?

El tiempo del miedo se acabó; ahora comienza el tiempo de la esperanza.

Dice el maestro:

Voluntad. Es una palabra sobre la que
la gente debería meditar un poco.
¿Cuáles son las cosas que no hacemos porque
no tenemos voluntad, y cuáles las que no
hacemos porque son arriesgadas?
He aquí un ejemplo de lo que confundimos
con «falta de voluntad»: hablar con
desconocidos. A no ser una conversación
casual, un simple contacto, un desahogo,
raramente hablamos con desconocidos.
Siempre pensamos que «es mejor así».
Acabamos por no ayudar ni ser ayudados
por la Vida.
Nuestra distancia hace que parezcamos muy
importantes, muy seguros de nosotros mismos.
Pero, en la práctica, no dejamos que la voz
de nuestro ángel se manifieste a través de
la boca de los demás.

Un viejo ermitaño fue invitado en cierta ocasión a la corte del rey más poderoso de la época.

—Siento envidia de un hombre santo que se conforma con tan poco —dijo el rey.

—Siento envidia de Vuestra Majestad, que se conforma con menos que yo —respondió el ermitaño.

—¿Cómo me dices eso si todo este país me pertenece? —replicó el rey, ofendido.

—Justamente por eso —contestó el viejo ermitaño—. Yo tengo la música de las esferas celestes, tengo los ríos y las montañas del mundo entero, tengo la luna y el sol, porque tengo a Dios en mi alma. Vuestra Majestad, sin embargo, sólo tiene este reino.

—Vamos hasta la montaña en la que mora Dios —comentó un caballero a su amigo—. Quiero demostrar que Él sólo sabe pedir, y que no hace nada por aliviar nuestra carga.

—Voy para demostrar mi fe —dijo el otro.

Llegaron por la noche a lo alto del monte y escucharon una voz en la oscuridad.

—¡Cargad vuestros caballos con las piedras del suelo!

—¿Ves? —dijo el primer caballero—. Después de subir tanto, aún nos hace cargar con más peso. ¡Jamás obedeceré!

El segundo caballero hizo lo que la Voz decía.

Cuando acabaron de bajar el monte, llegó la aurora y los primeros rayos de sol iluminaron las piedras que el caballero piadoso había recogido.

Eran diamantes puros.

Dice el maestro:

Las decisiones de Dios son misteriosas, pero siempre son a nuestro favor.

Dice el maestro:

Querido discípulo, he de darte una noticia que tal vez todavía no sepas. Pensé en suavizarla, en pintarla de colores más brillantes, llenarla de promesas del Paraíso, visiones de lo Absoluto, explicaciones esotéricas pero, aunque todo eso exista, no viene ahora al caso. Respira profundamente y prepárate. Debo ser directo y franco, y puedo asegurarte que tengo la absoluta certeza de lo que estoy diciendo. Es una previsión infalible, sin margen de error.

La noticia es la siguiente: vas a morir. Puede ser mañana, o dentro de cincuenta años, pero, tarde o temprano, vas a morir. Aunque no estés de acuerdo. Aunque tengas otros planes. Piensa cuidadosamente lo que vas a hacer hoy. Y mañana. Y el resto de tus días.

Un explorador blanco, ansioso por
llegar cuanto antes a su destino en
el corazón de África, ofreció una paga extra
a sus porteadores para que anduviesen más de
prisa. Durante varios días, los porteadores
apuraron el paso.
Una tarde, sin embargo, se sentaron todos
en el suelo y posaron la carga, negándose a
continuar. Por más dinero que les ofreciese, los
indígenas no se movían. Finalmente, cuando el
explorador pidió una explicación para aquel
comportamiento, obtuvo la siguiente respuesta:
—Hemos andado demasiado de prisa, y ya
no sabemos ni lo que estamos haciendo.
Tenemos que esperar a que nuestras
almas nos alcancen.

Nuestra Señora, con el Niño Jesús en brazos, bajó a la Tierra para visitar un monasterio.

Orgullosos, los frailes hicieron cola para honrarla; uno declamó poemas, otro mostró miniaturas para la Biblia, otro recitó el nombre de los santos.

Al final de la cola se encontraba un padre humilde, que no había tenido la suerte de instruirse con los sabios de la época.

Sus padres eran personas sencillas, que trabajaban en un circo. Cuando llegó su turno, los monjes intentaron dar por terminado el homenaje, por miedo a que comprometiese la imagen del monasterio.

Pero él también quería demostrar su amor por la Virgen. Avergonzado, sintiendo la mirada de reproche de sus hermanos, sacó unas naranjas de su zurrón y empezó a lanzarlas al aire, haciendo malabarismos que sus padres le habían enseñado en el circo.

Fue en ese momento cuando el Niño Jesús sonrió, y empezó a hacer palmas de alegría. Sólo a él la Virgen le tendió los brazos, y lo dejó coger un poco a su hijo.

No intentes ser coherente todo el tiempo.
A fin de cuentas, san Pablo dijo que «la
sabiduría del mundo es locura ante Dios».
Ser coherente es llevar siempre la corbata
a juego con los calcetines. Es estar obligado a
tener mañana las mismas opiniones
que tenías hoy. Y el movimiento del mundo,
¿dónde se queda?
Mientras no perjudiques a nadie, cambia de
opinión de vez en cuando, contradícete
sin avergonzarte por ello.
Tienes ese derecho. No importa lo que piensen
los demás porque, en cualquier caso, pensarán.
Así que, relájate. Deja que el Universo se
mueva en torno a ti, descubre la alegría de
sorprenderte a ti mismo. «Dios escogió las
locuras del mundo para avergonzar
a los sabios.»

Dice el maestro:

Hoy estaría bien hacer algo fuera de lo común. Podemos, por ejemplo, bailar por la calle mientras nos dirigimos al trabajo. Mirar a los ojos a un desconocido y hablar de amor a primera vista. Sugerirle al jefe una idea que puede parecer ridícula, pero en la que creemos. Comprar el instrumento que siempre quisimos tocar, pero nunca nos atrevimos. Los guerreros de la luz se permiten días así.

Hoy podemos llorar por algunas viejas penas que aún están presas en nuestra garganta. Llamaremos a alguien a quien juramos que no volveríamos a hablar, pero de quien desearíamos escuchar un mensaje en nuestro contestador automático. Hoy puede considerarse como un día fuera de la agenda en la que escribimos todas las mañanas.

Hoy cualquier falta será admitida y perdonada.

Hoy es día de sentir alegría por la vida.

El científico Roger Penrose caminaba con algunos amigos, conversando animadamente. Guardaron silencio un solo momento, para cruzar la calle.
—Recuerdo que, mientras cruzaba, se me ocurrió una idea increíble —dice Penrose—. Sin embargo, al llegar a la otra acera, retomamos el asunto pero no conseguí recordar lo que había pensado unos segundos antes.
Hacia el final de la tarde, Penrose empezó a sentirse eufórico, sin entender por qué.
—Tenía la sensación de que algo importante me había sido revelado —dice.
Decidió recapitular cada minuto del día y, al recordar el momento en el que cruzaba la calle, la idea volvió. Esta vez consiguió escribirla.
Era la teoría de los agujeros negros, una verdadera revolución de la física moderna. Volvió a surgir porque Penrose consiguió acordarse del silencio que guardamos siempre que cruzamos una calle.

Cuando san Antonio vivía en el desierto, se le acercó un joven:

—Padre, vendí todo lo que tenía y se lo di a los pobres. Sólo conservé unas cuantas cosas de las que valerme para sobrevivir aquí. Me gustaría que me enseñases el camino de la salvación.

San Antonio le pidió que vendiese las pocas cosas que había conservado y que, con el dinero, comprase carne en la ciudad. A la vuelta, debía traer la carne atada a su cuerpo.

El muchacho obedeció. Al volver, fue atacado por perros y halcones, que querían un trozo de carne.

—Ya he vuelto —dijo el muchacho, enseñándole el cuerpo arañado y las ropas hechas harapos.

—Aquellos que dan un nuevo paso y todavía pretenden mantener un poco de su antigua vida, acaban dilacerados por el propio pasado —fue el comentario del santo.

Dice el maestro:
Benditas todas las gracias que Dios te dé hoy. La gracia no se puede ahorrar; no existe un banco en el que podamos depositar las gracias recibidas, para usarlas según nuestra voluntad. Si no aprovechas estas bendiciones, las perderás irremediablemente.
Dios sabe que somos artistas de la vida. Un día nos da moldes para esculturas, otro día nos da pinceles y lienzo, o una pluma para escribir. Jamás podremos utilizar los moldes en el lienzo, ni las plumas en esculturas; Todos los días, su milagro. Acepta las bendiciones, trabaja, y crea tus pequeñas obras de arte hoy. Mañana recibirás más.

El monasterio a orillas del río Piedra
está cercado por una linda vegetación,
un verdadero oasis en los campos estériles de esa
parte de España. Allí, el pequeño río se
transforma en una caudalosa corriente, y
se divide en docenas de cascadas.
El viajero camina por aquel lugar, escuchando la
música del agua. De repente, una gruta, bajo
una de las cascadas, llama su atención. Mira
detenidamente la piedra gastada por el tiempo,
las bellas formas que la naturaleza crea con
paciencia. Y descubre, escritos en una placa, los
versos de R. Tagore:
«No fue el martillo el que dejó perfectas estas
piedras, sino el agua, con su dulzura, su danza, y
su canción. Donde la dureza sólo consigue
destruir, la suavidad consigue esculpir.»

Dice el maestro:
> Mucha gente tiene miedo de la felicidad. Para esas personas, esta palabra significa cambiar una serie de hábitos y perder su propia identidad.
> Muchas veces nos sentimos indignos de las cosas buenas que nos ocurren. No las aceptamos porque, al hacerlo, tenemos la sensación de que le debemos algo a Dios.
> Pensamos: «Es mejor no probar el cáliz de la felicidad, porque cuando nos falte sufriremos mucho.»
> Por miedo a mermar, dejamos de crecer.
> Por miedo a llorar, dejamos de reír.

En el monasterio de Sceta se vivió, cierta tarde, la ofensa de un monje a otro. El prior del monasterio, el padre Sisois, pidió al monje ofendido que perdonase a su agresor.
—De ninguna manera —respondió el monje—. Él lo hizo, y él tendrá que pagar.
En ese mismo momento, el padre Sisois levantó los brazos y comenzó a rezar.
—Jesús, ya no te necesitamos. Ya somos capaces de hacer que los agresores paguen por sus ofensas. Ya somos capaces de vengarnos y de cuidar del Bien y del Mal. Así que, Señor, puedes apartarte de nosotros sin problema.
El monje, avergonzado, perdonó inmediatamente a su hermano.

—Todos los maestros dicen que el tesoro espiritual es un descubrimiento solitario. Entonces, ¿por qué estamos juntos? —preguntó uno de los discípulos.
—Estáis juntos porque un bosque siempre es más fuerte que un árbol solitario —respondió el maestro—. El bosque mantiene la unidad, resiste mejor un huracán, ayuda al suelo a ser fértil.
Pero lo que hace al árbol fuerte es su raíz.
Y la raíz de una planta no puede ayudar a otra planta a crecer.
»Estar juntos en el mismo propósito y dejar que cada uno crezca a su manera, éste es el camino de los que desean comulgar con Dios.

Cuando el viajero tenía diez años, su madre lo obligó a hacer un curso de educación física.

Uno de los ejercicios consistía en saltar de un puente al agua. Se moría de miedo. Se quedaba en el último lugar de la cola, y sufría cada vez que uno de los otros niños saltaba delante de él, porque en breve llegaría el momento de su salto. Un día, el profesor, al ver su miedo, lo obligó a saltar el primero. Tuvo el mismo miedo, pero pasó tan rápido que empezó a tener coraje.

Dice el maestro:

Muchas veces hay que darle tiempo al tiempo. Otras veces, hay que remangarse y resolver la situación. En este caso, no existe peor cosa que retrasarlo.

Buda estaba reunido una mañana con sus discípulos cuando se les acercó un hombre.
—¿Existe Dios? —preguntó.
—Sí —respondió Buda.
Después de comer, se acercó otro hombre.
—¿Existe Dios? —quiso saber.
—No, no existe —dijo Buda.
Al final de la tarde, un tercer hombre hizo la misma pregunta.
—¿Existe Dios?
—Tendrás que decidirlo tú mismo —respondió Buda.
—Maestro, ¡qué absurdo! —dijo uno de sus discípulos—. ¿Cómo puedes dar respuestas diferentes a la misma pregunta?
—Porque son personas diferentes —respondió el Iluminado—. Y cada una de ellas se acercará a Dios a su manera: a través de la certeza, de la negación y de la duda.

Somos seres preocupados por actuar, hacer, decidir, prevenir. Siempre estamos intentando planear alguna cosa, concluir otra, descubrir una tercera. No hay nada erróneo en ello; a fin de cuentas, así es cómo construimos y cambiamos el mundo. Pero forma parte de la experiencia de la vida el acto de la Adoración. Parar de vez en cuando, salir de uno mismo, permanecer en silencio ante el Universo. Arrodillarse en cuerpo y alma. Sin pedir, sin pensar, incluso sin agradecer nada. Simplemente vivir el amor silencioso que nos envuelve. En esos momentos, algunas lágrimas inesperadas, que no son de alegría ni de tristeza, pueden brotar. No te sorprendas. Es un don. Esas lágrimas están lavando tu alma.

Dice el maestro:
Si tienes que llorar, llora como los niños. Fuiste niño un día, y una de las primeras cosas que aprendiste en la vida fue llorar, porque forma parte de la existencia. Jamás olvides que eres libre, y que mostrar emociones no es una vergüenza.
Grita, solloza en alto, haz ruido si te da la gana, porque así lloran los niños, y ellos conocen la manera más rápida de sosegar sus corazones.
¿Te has fijado en cómo dejan de llorar los niños? Algo los distrae, algo llama su atención hacia una nueva aventura.
Los niños dejan de llorar muy rápido. Eso mismo te pasará a ti, pero sólo si lloras como llora un niño.

El viajero come con una amiga abogada en Fort Lauderdale. Un borracho muy animado en la mesa de al lado intenta buscar conversación todo el tiempo. A cierta altura de la conversación, la amiga le pide al borracho que se calle. Pero él insiste:

—¿Por qué? He hablado de amor como un hombre sobrio nunca habla. He demostrado alegría, he intentado comunicarme con desconocidos, ¿qué hay de malo en ello?

—No es el momento oportuno —responde ella.

—¿Quiere decir que existe una hora oportuna para mostrar felicidad?

Después de esta frase, invitan al borracho a su mesa.

Dice el maestro:
Debemos cuidar nuestro cuerpo, ya que es el templo del Espíritu Santo y merece nuestro respeto y nuestro cariño.
Debemos aprovechar al máximo nuestro tiempo, es necesario luchar por nuestros sueños, y tenemos que concentrar nuestros esfuerzos en este sentido.
Pero es preciso no olvidar que la vida se compone de pequeños placeres.
Fueron creados para estimularnos, ayudarnos en nuestra búsqueda, darnos momentos de reposo mientras libramos nuestras batallas diarias.
No existe pecado alguno en ser feliz.
No existe ningún error en, alguna que otra vez, transgredir ciertas normas de alimentación, de sueño, de alegría.
No te culpes si, de vez en cuando, pierdes el tiempo con tonterías. Son los pequeños placeres los que nos dan los grandes estímulos.

Mientras el maestro viajaba para divulgar la palabra de Dios, la casa en la que vivía con sus discípulos ardió.

—Él nos confió este lugar, y no supimos cuidarlo correctamente —dice uno de los discípulos.

Inmediatamente, comienzan a reconstruir lo que ha quedado tras el incendio, pero el maestro vuelve antes de lo previsto, y ve los trabajos de reconstrucción.

—Bueno, vamos mejorando: ¡una casa nueva! —dice con alegría.

Uno de los discípulos, avergonzado, le cuenta la verdadera historia: la casa en la que vivían había sido destruida por las llamas.

—No acabo de entender lo que me cuentas —responde el maestro—. Lo que veo son hombres con fe en la vida, comenzando una nueva etapa. Los que perdieron lo único que tenían están en mejor posición que mucha gente; porque, a partir de ahora, sólo pueden ganar.

El pianista Arthur Rubinstein se retrasó para la comida en un importante restaurante de Nueva York. Sus amigos empezaron a preocuparse, pero Rubinstein finalmente apareció, acompañado de una rubia espectacular a la que doblaba la edad. Aunque conocido por su tacañería, esa tarde pidió los platos más caros, y los vinos más raros y sofisticados. Al final, pagó la cuenta con una sonrisa en los labios.
—Sé que debe extrañaros —dijo Rubinstein—, pero hoy fui al abogado a hacer mi testamento. Le dejé una buena cantidad a mi hija, a mis parientes, hice generosas donaciones a obras de caridad. De repente, me di cuenta de que yo no estaba incluido en mi testamento: ¡todo era para los demás!
»A partir de ese momento decidí tratarme con más generosidad.

Dice el maestro:
Si recorres el camino de tus sueños, comprométete con él. No dejes la puerta de salida abierta, con la disculpa de: «Esto no es lo que quería.» Esta frase guarda en sí misma la semilla de la derrota.

Asume tu camino. Aunque tengas que dar pasos inciertos, aunque sepas que puedes hacer mejor lo que estás haciendo. Si aceptas tus posibilidades en el presente, con toda certeza, mejorarás en el futuro. Pero si niegas tus limitaciones, jamás te librarás de ellas.

Afronta tu camino con coraje, no tengas miedo de las críticas de los demás. Y, sobre todo, no te dejes paralizar por tus propias críticas.

Dios estará contigo en las noches de insomnio, y enjugará las lágrimas ocultas con Su amor.

Dios es el Dios de los valientes.

El maestro pidió a sus discípulos que consiguiesen comida. Estaban de viaje, y no podían alimentarse correctamente. Los discípulos volvieron al final de la tarde. Cada uno traía lo poco conseguido de la caridad ajena: frutas ya podridas, pan duro, vino rancio.
Uno de los discípulos, sin embargo, traía un saco de manzanas maduras.
—Haré siempre todo lo posible para ayudar a mi maestro y a mis hermanos —dijo él, compartiendo las manzanas con los demás.
—¿De dónde has sacado esto? —preguntó el maestro.
—Tuve que robarlas —respondió el discípulo—. La gente sólo me daba comida pasada, aun sabiendo que predicamos la palabra de Dios.
—Pues márchate con tus manzanas, y no vuelvas nunca más —dijo el maestro—. Aquel que roba por mí, acabará robándome también a mí.

Partimos por el mundo en busca de nuestros sueños e ideales. Muchas veces ponemos en lugares inaccesibles lo que está al alcance de la mano. Cuando descubrimos el error, sentimos que hemos perdido el tiempo, buscando lejos lo que estaba cerca. Nos culpamos por los pasos equivocados, por la búsqueda inútil, por los disgustos que causamos.

Dice el maestro:

Aunque el tesoro esté enterrado en tu casa, sólo lo descubrirás cuando te alejes.

Si Pedro no hubiese experimentado el dolor de la negación, no hubiese sido escogido jefe de la Iglesia. Si el hijo pródigo no lo hubiese abandonado todo, no habría sido recibido con honores por su padre.

Hay ciertas cosas en nuestras vidas que tienen un sello que dice: «Sólo te darás cuenta de mi valor cuando me pierdas y luego me recuperes.»

No sirve de nada querer acortar el camino.

El maestro se reunió con su discípulo preferido y le preguntó cómo iba su progreso espiritual. El discípulo respondió que había conseguido dedicar a Dios todos los momentos del día.

—Entonces, sólo falta que perdones a tus enemigos —dijo el maestro.

El discípulo se volvió, sorprendido.

—¡Pero no es necesario! ¡No siento rabia hacia mis enemigos!

—¿Crees que Dios siente rabia hacia ti? —preguntó el maestro.

—¡Claro que no! —respondió el discípulo.

—Pero aun así pides Su perdón, ¿no es verdad? Haz lo mismo por tus enemigos, aunque no sientas odio hacia ellos. Quien perdona lava y perfuma su propio corazón.

El joven Napoleón temblaba como una vara verde durante los feroces bombardeos del cerco de Toulon.
Un soldado, al verlo así, lo comentó con los demás:
—¡Mirad, está muerto de miedo!
—Sí —respondió Napoleón—.
Pero sigo combatiendo. Si tú sintieses la mitad del pavor que yo siento, ya habrías huido hace mucho tiempo.
Dice el maestro:
El miedo no es señal de cobardía. Es él el que nos da la posibilidad de reaccionar con bravura y dignidad ante las situaciones de la vida. Quien siente miedo, y a pesar de ello sigue adelante, sin dejarse intimidar, está demostrando su valentía. Quien, sin embargo, se enfrenta a situaciones arriesgadas sin darse cuenta del peligro, simplemente demuestra irresponsabilidad.

El viajero está en una fiesta de San Juan, con tenderetes, tiro al blanco, comida casera. De repente, un payaso comienza a imitar todos sus gestos. La gente se ríe, y él también se divierte. Al final, lo invita a tomar un café.

—Comprométete con la vida —dice el payaso—. Si estás vivo, tienes que sacudir los brazos, saltar, hacer ruido, reír y hablar con la gente, porque la vida es exactamente lo opuesto a la muerte.

»Morir es quedarse siempre en la misma posición. Si estás muy quieto, no vives.

Un poderoso monarca llamó a un santo padre, del que todos decían que tenía poderes curativos, para que lo ayudase con sus dolores de columna.

—Dios nos ayudará —dijo el hombre santo—. Pero antes vamos a entender la razón de estos dolores. La confesión hace que el hombre se enfrente con sus problemas, y lo libera de muchas cosas.

Y el sacerdote empezó a preguntarlo todo sobre la vida del rey, desde cómo trataba a su prójimo hasta las angustias y aflicciones de su reinado. El rey, molesto por tener que pensar en problemas, se volvió hacia el hombre santo.

—No quiero hablar de esos asuntos. Por favor, traedme a alguien que cure sin hacer preguntas.

El padre salió y volvió media hora después con otro hombre.

—Éste es el hombre que necesitáis —dijo él—. Mi amigo es veterinario. No acostumbra a hablar con sus pacientes.

Discípulo y maestro iban por el campo una mañana. El discípulo pedía una dieta necesaria para la purificación. Por más que el maestro insistiese en que todo alimento es sagrado, el discípulo no quería creerlo.
—Debe de existir una comida que nos acerque a Dios —insistía el discípulo.
—Bueno, tal vez tengas razón. Aquellas setas de allí, por ejemplo —dijo el maestro.
El discípulo se animó, pensando que las setas le traerían la purificación y el éxtasis. Pero soltó un grito en cuanto se acercó:
—¡Son venenosas! ¡Si me como una, moriré al instante! —exclamó, horrorizado.
—Aparte de ésta, no conozco ninguna otra manera de acercarse a Dios por medio de la alimentación —respondió el maestro.

En el invierno de 1981, el viajero camina con su mujer por las calles de Praga, cuando ve a un muchacho dibujando los edificios de su alrededor.
Le gusta uno de los dibujos y decide comprarlo. Al tenderle el dinero, se da cuenta de que el muchacho no lleva guantes, a pesar de la temperatura de cinco grados bajo cero.
—¿Por qué no usas guantes? —pregunta.
—Para poder coger el lápiz.
Conversan un poco sobre Praga. El muchacho decide dibujar el rostro de la mujer del viajero, sin cobrar nada.
Mientras espera a que el dibujo esté listo, el viajero se percata de que algo extraño ha ocurrido; ha hablado durante casi cinco minutos con el muchacho, sin que ninguno de los dos hablase la lengua del otro.
Habían sido simplemente gestos, sonrisas, expresiones faciales, pero la voluntad de compartir algo hizo que entrasen en el mundo del lenguaje sin palabras.

Un amigo llevó a Hassan hasta la puerta de una mezquita, donde un ciego pedía limosna.

—Este ciego es el hombre más sabio de nuestro país —dijo.

—¿Cuánto tiempo hace que sois ciego? —preguntó Hassan.

—Desde que nací —respondió el hombre.

—¿Y qué fue lo que os convirtió en sabio?

—Como no me conformaba con mi ceguera, intenté ser astrónomo —respondió el hombre—. Ya que no podía ver el cielo, me vi obligado a imaginar las estrellas, el sol, las galaxias. A medida que me iba acercando a la obra de Dios, me fui acercando a su Sabiduría.

En un remoto bar de España, cerca de
una población llamada Olite, hay un
cartel escrito por su dueño:
«Justo cuando conseguí encontrar todas las
respuestas, cambiaron todas las preguntas.»
Dice el maestro:
Siempre estamos muy ocupados buscando
respuestas; consideramos respuestas cosas
importantes para comprender el sentido
de la vida.
Es más importante vivir plenamente, y dejar
que sea el propio tiempo el que se encargue
de revelarnos los secretos de nuestra existencia.
Si estamos demasiado ocupados en encontrar
un sentido, no dejamos que la naturaleza
actúe, y somos incapaces de leer las señales
de Dios.

Una leyenda australiana cuenta la historia de un hechicero que paseaba con sus tres hermanas cuando se les acercó el más famoso guerrero de aquellos tiempos.

—Quiero casarme con una de estas tres bellas doncellas —dijo.

—Si una de ellas se casa, las otras sufrirán. Busco una tribu en la que los guerreros puedan tener tres mujeres —respondió el hechicero, apartándose.

Durante tres años, caminó por el continente australiano, sin conseguir encontrar tal tribu.

—Por lo menos una de nosotras podría haber sido feliz —dijo una de las hermanas, cuando ya estaban viejos y cansados de tanto andar.

—Estaba equivocado —respondió el hechicero—. Pero ahora ya es tarde.

Y transformó a las tres hermanas en bloques de piedra, para que quien por allí pasase pudiese entender que la felicidad de uno no significa la tristeza de otros.

El periodista Wagner Carelli fue a entrevistar al escritor argentino Jorge Luis Borges.
Al terminar la entrevista, se quedaron conversando sobre el lenguaje que existe más allá de las palabras, y sobre la inmensa capacidad que el ser humano tiene para entender a su prójimo.
—Le voy a poner un ejemplo —dijo Borges.
Y empezó a decir algo en una lengua extraña.
Al final, le preguntó de qué se trataba.
Antes de que Wagner pudiese decir nada, el fotógrafo que estaba con él respondió:
—Es el padrenuestro.
—Exacto —dijo Borges—. Y lo estaba recitando en finlandés.

Un domador de circo consigue mantener a un elefante aprisionado porque usa un truco muy simple: cuando el animal aún es una cría, amarra una de sus patas a un tronco muy gordo.

Por más que lo intente, el pequeño elefante no consigue soltarse. Poco a poco, se va acostumbrando a la idea de que el tronco es más poderoso que él.

Al hacerse adulto, y dueño de una fuerza descomunal, basta con rodear con una cuerda la pata del elefante y amarrarla a una estaca, ya que no intentará soltarse, porque recuerda que ya lo intentó muchas veces y no lo consiguió.

Al igual que los elefantes, nuestros pies también están amarrados a algo pequeño; pero, como desde niños, nos acostumbramos al poder de ese tronco, no osamos hacer nada.

Sin saber que basta un simple gesto de coraje para descubrir toda nuestra libertad.

No sirve de nada pedir explicaciones sobre Dios; puedes escuchar palabras muy bonitas pero, en el fondo, son palabras vacías. Del mismo modo, puedes leer toda una enciclopedia sobre el amor y no saber lo que es amar.

Dice el maestro:

Nadie conseguirá demostrar que Dios existe, o que no existe. Ciertas cosas en la vida fueron hechas para ser experimentadas, nunca explicadas.

El amor es una de esas cosas. Dios, que es amor, también lo es. La fe es una experiencia infantil, en el sentido mágico que Jesús nos enseñó: «De los niños, es el Reino de los Cielos.»

Dios nunca entrará por tu cabeza, la puerta que Él usa es tu corazón.

El padre Pastor acostumbraba a decir que el padre Juan había rezado tanto que ya no tenía por qué preocuparse más, sus pasiones habían sido vencidas. Las palabras del padre Pastor acabaron llegando a oídos de uno de los sabios de Sceta. Éste llamó a los novicios después de la cena.

—Habéis oído decir que el padre Juan ya no tiene tentaciones que vencer —dijo él—. La falta de lucha enflaquece el alma. Vamos a pedir al Señor que envíe una tentación bien poderosa al padre Juan. Y, si vence esa tentación, pediremos otra y otra. Y cuando se vea luchando de nuevo contra las tentaciones, rezaremos para que jamás vuelva a decir: «Señor, aparta de mí este demonio». Rezaremos para que pida: «Señor, dame fuerza para enfrentarme al mal.»

Hay un momento del día en el que es difícil ver bien: el crepúsculo. Luz y tinieblas se encuentran, y nada es realmente claro o totalmente oscuro. En la mayor parte de las tradiciones espirituales, este momento es considerado sagrado.

La tradición católica nos enseña que a las seis de la tarde debemos rezar el avemaría. En la tradición quechua, si nos encontramos con un amigo por la tarde y todavía estamos con él en el crepúsculo, debemos comenzar de nuevo, saludándolo otra vez con un «buenas noches».

En el momento del crepúsculo, se pone a prueba el equilibrio del planeta y del hombre. Dios mezcla sombra y luz, quiere ver si la Tierra tiene el coraje de seguir girando.

Si la Tierra no se asusta con la oscuridad, la noche pasa, y un nuevo sol vuelve a brillar.

El filósofo alemán Schopenhauer caminaba por una calle de Dresde, buscando respuestas a preguntas que lo atormentaban. De repente, vio un jardín, y decidió quedarse durante horas observando las flores.

Uno de los vecinos vio el comportamiento extraño de aquel hombre, y llamó a la guardia nacional. Minutos después, un policía se acercaba a Schopenhauer.

—¿Quién es usted? —preguntó el policía, con voz dura.

Schopenhauer miró de arriba abajo al hombre que estaba delante de él.

—Si sabe usted responder a esa pregunta —dijo el filósofo—, le estaré eternamente agradecido.

Un hombre en busca de sabiduría decidió irse a las montañas, pues le habían dicho que cada dos años Dios se aparecía allí. Durante el primer año, comió todo lo que la tierra le ofrecía. Al final, la comida se acabó, y tuvo que regresar a la ciudad.

—¡Dios es injusto! —exclamó—. No vio que estuve aquí durante todo este tiempo, esperando oír su voz. Ahora tengo hambre, y vuelvo sin oírlo.

En ese momento, apareció un ángel.

—A Dios le gustaría mucho conversar contigo —dijo el ángel—. Durante un año te dio alimento. Esperaba que tú te encargases de tu alimentación al año siguiente. Sin embargo, ¿qué plantaste? Si un hombre no es capaz de conseguir comida en el lugar donde vive, no está preparado para conversar con Dios.

Nosotros pensamos: «Bueno, realmente parece que la libertad del hombre consiste en escoger la propia esclavitud. Trabajo ocho horas al día y, si me ascienden, pasaré a trabajar doce horas. Me casé, y ahora ya no tengo tiempo para mí mismo. Busqué a Dios, y me veo obligado a ir a cultos, misas, ceremonias religiosas. Todo lo que es importante en esta vida, amor, trabajo, fe, acaba transformándose en una carga demasiado pesada.»

Dice el maestro:
Sólo el amor nos hace escapar. Sólo el amor a lo que hacemos transforma la esclavitud en libertad.
Si no podemos amar, es mejor parar ahora.
Jesús dijo: «Si tu ojo izquierdo se escandaliza, arráncatelo. Es mejor estar ciego de un ojo que hacer que todo tu cuerpo perezca en las tinieblas.»
La frase es dura. Pero es así.

Un ermitaño consiguió ayunar durante un año, comiendo sólo una vez a la semana. Después de tanto esfuerzo, le pidió a Dios que le revelase el significado de un determinado pasaje bíblico.

No escuchó ninguna respuesta.

—¡Qué desperdicio de tiempo! —dijo el monje para sí mismo—. ¡Hice todo este sacrificio y Dios no me responde! Es mejor salir de aquí y encontrar a otro monje que sepa el significado de este texto.

En ese momento, apareció un ángel.

—Los doce meses de ayuno sólo te han servido para que te creyeses que eras mejor que los demás, pero Dios no escucha a los vanidosos —dijo el ángel—. Pero en cuanto mostraste humildad y pensaste en pedir ayuda a tu prójimo. Dios me envió.

Y el ángel reveló al monje lo que quería saber.

Dice el maestro:
Reflexionad sobre cómo ciertas palabras fueron construidas para mostrar claramente lo que quieren decir.

Tomemos la palabra «preocupación», y dividámosla en dos: pre y ocupación. Significa ocuparse de algo antes de que ocurra.

¿Quién, en todo este universo, puede tener el don de ocuparse de algo que todavía no ha ocurrido?

Nunca te preocupes. Estáte atento a tu destino y a tu camino. Aprende todo lo que necesites aprender para manejar bien la espada de la luz que te fue confiada. Reflexiona sobre cómo luchan tus amigos, tus maestros y tus enemigos. Practica bastante, pero no cometas el peor de los errores: creer que sabes cuál es el golpe que tu adversario va a dar.

Es viernes, llegas a casa y tomas algunos periódicos que no puedes leer durante la semana. Enciendes la tele sin sonido, pones un disco. Usas el mando a distancia para pasar de un canal a otro, mientras hojeas algunas páginas y prestas atención a la música que está sonando. Los periódicos no traen ninguna novedad, la programación de la tele es repetitiva, y ya has escuchado ese disco decenas de veces.

Tu mujer está cuidando de los niños, sacrificando lo mejor de su juventud, sin entender muy bien por qué lo hace.

Una disculpa pasa por tu cabeza: «Bueno, la vida es precisamente esto.»

No, la vida no es esto mismo. La vida es entusiasmo. Piensa dónde dejaste tu entusiasmo escondido. Toma a tu mujer y a tus hijos, y vete a buscarlo, antes de que sea demasiado tarde. El amor nunca impidió a nadie seguir sus sueños.

La víspera de Navidad, el viajero y su mujer hacían un balance del año que terminaba. Durante la comida en el único restaurante de un pueblo de los Pirineos, el viajero comenzó a quejarse por algo que no había ocurrido como deseaba.

La mujer miraba fijamente el árbol de Navidad que adornaba el restaurante. El viajero se dio cuenta de que a ella ya no le interesaba la conversación, y cambió de tema:

—Bonita, la iluminación de este árbol —dijo.

—Es verdad —respondió la mujer—. Pero si te fijas bien, en medio de esas decenas de bombillas hay una que está fundida. Me parece que, en vez de ver el año como decenas de bendiciones que brillaron, te estás fijando en la única bombilla que no iluminó nada.

—¿Ves a aquel hombre santo, humilde, andando por la carretera? —dijo un demonio a otro—. Pues voy a ir hasta allí a conquistar su alma.

—No te hará caso, porque solamente presta atención a cosas santas —respondió su compañero.

Pero el demonio, astuto como siempre, se vistió como el arcángel Gabriel y se le apareció al hombre.

—He venido a ayudarte —dijo.

—Tal vez me confundes con otra persona —respondió el hombre santo—. Nunca en mi vida he hecho nada como para merecer la visión de un ángel.

Y continuó su camino, sin saber de lo que se había librado.

Ángela Pontual asistía a una obra de
teatro en Broadway, y salió para tomar
un whisky en el descanso. La sala de espera
estaba llena; la gente fumaba, conversaba, bebía.
Un pianista tocaba. Nadie prestaba atención a
la música. Ángela comenzó a beber y a mirar al
músico. El parecía aburrido, haciendo aquello
por obligación, loco por que acabase
el descanso.
Al tercer whisky, ya un poco bebida, se acercó
al pianista.
—¡Es usted un aburrido! ¿Por qué no toca sólo
para usted? —vociferó.
El pianista la miró, sorprendido. Y, al instante,
comenzó a tocar las piezas que le gustaría estar
tocando. En poco tiempo, la sala de espera
estaba en completo silencio.
Cuando el pianista acabó, todos aplaudieron
con entusiasmo.

San Francisco de Asís era un joven muy popular cuando decidió dejarlo todo y construir su obra. Santa Clara era una bella mujer cuando hizo voto de castidad. El beato Ramón Llull conocía a los grandes intelectuales de la época cuando se retiró al desierto.

La búsqueda espiritual es, sobre todo, un desafío. Quien la usa para huir de sus problemas no llegará muy lejos.

De nada le vale retirarse del mundo a aquel que no consigue hacer amigos. No vale de nada hacer voto de pobreza porque se es incapaz de ganar el propio sustento. No vale de nada ser humilde cuando se es cobarde.

Una cosa es tener, y renunciar. Otra cosa es no tener, y condenar a quien tiene. Es muy fácil para un hombre impotente pregonar la castidad absoluta, pero ¿qué valor tiene eso?

Dice el maestro:

Alaba la obra de Dios. Véncete a ti mismo mientras te enfrentas al mundo.

Como es fácil ser difícil. Basta permanecer alejados de los demás y, de esta manera, no sufriremos nunca.
No correremos los riesgos del amor, de las decepciones, de los sueños frustrados.
Como es fácil ser difícil. No debemos preocuparnos por llamadas telefónicas que tenemos que hacer, de personas que piden nuestra ayuda, de la caridad que hemos de hacer.
Como es fácil ser difícil. Basta fingir que estamos en una torre de marfil, que jamás derramamos una lágrima. Basta con pasar el resto de nuestra existencia representando un papel.
Como es fácil ser difícil. Basta con coger lo mejor de la vida.

El paciente se volvió hacia el médico:

—Doctor, el miedo me domina, me quita la alegría de vivir.

—Aquí en mi consulta hay un ratón que se come mis libros —dijo el médico—. Si me desespero con este ratón, se esconderá de mí, y no haré otra cosa en la vida hasta que lo cace.

»Sin embargo, coloco los libros más importantes en un lugar seguro, y lo dejo roer otros.

»De esta manera, él sigue siendo un ratón y no se convierte en un monstruo. Ten miedo de algunas cosas, y concentra todo tu miedo en ellas, para que tengas coraje ante el resto.

Dice el maestro:
>Muchas veces es más fácil amar que
ser amado.

Tenemos dificultades para aceptar la ayuda y el apoyo de los demás. Nuestra tentativa de parecer independientes no permite que el prójimo tenga la oportunidad de demostrar su amor.

Muchos padres, en la vejez, roban a los hijos la oportunidad de dar el mismo cariño y apoyo que recibieron cuando eran niños. Muchos maridos (y mujeres), al ser alcanzados por ciertos rayos del destino, se sienten avergonzados de depender del otro. Y, así, las aguas del amor no se extienden.

Es preciso aceptar el gesto de amor del prójimo. Es preciso permitir que alguien nos ayude, nos apoye, nos dé fuerzas para continuar.

Si aceptamos este amor con pureza y humildad, comprenderemos que el Amor no es dar o recibir, es participar.

Eva paseaba por el Jardín del Edén
cuando la serpiente se le acercó.
—Come esta manzana —dijo la serpiente.
Eva, muy bien instruida por Dios, se negó.
—Come esta manzana —insistió la serpiente—,
porque tienes que ponerte más guapa para
tu hombre.
—No la necesito —respondió Eva—, porque no
tiene a otra mujer más que a mí.
La serpiente se rió:
—Claro que sí.
Y como Eva no la creía, la llevó hasta lo alto
de una colina, donde había un pozo.
—Está dentro de esta caverna; Adán la
escondió ahí.
Eva se inclinó y vio, reflejada en el agua del
pozo, una linda mujer. En ese mismo momento,
sin titubear, comió la manzana que la serpiente
le ofrecía.

Párrafos de una anónima «Carta al corazón»:
«Corazón mío: jamás te condenaré, te criticaré o sentiré vergüenza de tus palabras. Sé que eres una criatura querida de Dios, y que Él te guarda en medio de una luz radiante y amorosa.

»Confío en ti, corazón mío. Estoy de tu lado, siempre pediré bendiciones en mis oraciones, siempre pediré para que encuentres la ayuda y el apoyo que necesitas.

»Confío en tu amor, corazón mío. Confío en que compartirás este amor con quien lo merezca o lo necesite. Que mi camino sea tu camino, y que caminemos juntos en dirección al Espíritu Santo.

»Y te pido: confía en mí. Que sepas que te amo, y que procuro darte la libertad necesaria para que continúes latiendo con alegría en mi pecho. Haré todo lo que esté a mi alcance para que jamás te sientas incómodo con mi presencia a tu alrededor.»

Dice el maestro:

Cuando decidimos actuar, es natural que surjan conflictos inesperados. Es natural que surjan heridas en el transcurso de estos conflictos.

Las heridas se curan: quedan las cicatrices, y esto es una bendición. Estas cicatrices permanecen con nosotros el resto de la vida, y nos van a ayudar mucho. Si en algún momento, por comodidad o por cualquier otra razón, la voluntad de volver al pasado es grande, basta con mirar hacia ellas.

Las cicatrices nos mostrarán la marca de los grilletes, nos recordarán los horrores de la prisión, y continuaremos caminando hacia adelante.

En su epístola a los Corintios, san Pablo nos dice que la dulzura es una de las principales características del amor.
No lo olvidemos nunca: el amor es ternura. Un alma rígida no permite que la mano de Dios la amolde según Sus deseos.
El viajero caminaba por una pequeña carretera del norte de España cuando vio a un campesino acostado en un jardín.
—Está usted aplastando las flores —dijo.
—No —respondió él—. Intento sacarles un poco de su dulzura.

Dice el maestro:

Reza todos los días. Incluso sin palabras, sin peticiones, sin entender por qué, haz de la oración un hábito. Si al principio fuese difícil, proponte a ti mismo: «La próxima semana rezaré todos los días.» Y renueva esta promesa cada siete días. Acuérdate de que no sólo estás creando un lazo más íntimo con el mundo espiritual; también entrenas tu voluntad.

Es a través de ciertas prácticas como desarrollamos la disciplina necesaria para el verdadero combate de la vida.

No sirve de nada olvidar la promesa y al día siguiente rezar dos veces. Tampoco sirve de nada rezar siete oraciones en un día y pasar el resto de la semana pensando que has cumplido tu tarea. Ciertas cosas han de ocurrir en la medida y el ritmo apropiados.

Un hombre malo, al morir, se encuentra un ángel a la puerta del infierno.
El ángel le dice:
—Basta con que hayas hecho algo bueno en esta vida, y eso te ayudará.
El hombre responde:
—Nunca he hecho nada bueno en esta vida.
—Piensa bien —insiste el ángel.
Entonces, el hombre recuerda que, una vez, mientras andaba por un bosque, vio una araña en su camino, y la rodeó, evitando pisarla.
El ángel sonríe y un hilo de araña desciende de los cielos, permitiendo que el hombre suba hasta el Paraíso. Otros condenados aprovechan para subir también. Pero el hombre se gira y empieza a empujarlos, pues tiene miedo de que el hilo se rompa.
En ese momento el hilo cede, y el hombre cae de nuevo al infierno.
—Qué pena —el hombre oye decir al ángel—. Tu egoísmo transformó en mal lo único bueno que has hecho.

Dice el maestro:

> El cruce de caminos es un lugar sagrado. Allí el peregrino ha de tomar una decisión. Por eso, los dioses suelen dormir y comer en los cruces.
>
> Donde las carreteras se cruzan, se concentran dos grandes energías, el camino que será escogido y el camino que será abandonado. Ambos se transforman en un solo camino pero simplemente por un pequeño período de tiempo.
>
> El peregrino puede descansar, dormir un poco, incluso consultar a los dioses que viven en los cruces, pero nadie puede quedarse allí para siempre: una vez hecha la elección, es preciso seguir adelante, sin pensar en el camino que se dejó de recorrer. O el cruce se transforma en maldición.

En el nombre de la Verdad, la raza humana cometió sus peores crímenes. Hombres y mujeres fueron quemados.
La cultura de civilizaciones enteras fue destruida.
Los que cometían pecados de la carne eran mantenidos a distancia. Los que buscaban un camino diferente eran marginados.
Uno de ellos, en nombre de la «verdad», acabó crucificado. Pero, antes de morir, dejó la gran definición de la Verdad.
No es lo que nos da certeza.
No es lo que nos da profundidad.
No es lo que nos hace mejores que los demás.
No es lo que nos mantiene en la prisión de los prejuicios.
La Verdad es lo que nos hace libres.
—Conoceréis la Verdad, y la Verdad os liberará —dijo Él.

Uno de los monjes del monasterio de Sceta cometió una falta grave, y llamaron al ermitaño más sabio para que la juzgase.
El ermitaño se negó, pero insistieron tanto que acabó yendo. Antes, sin embargo, cogió un caldero y lo agujereó por varios sitios.
Después, llenó el caldero de arena y se encaminó hacia el convento.
El prior, al verlo entrar, le preguntó qué era aquello.
—Vine a juzgar a mi prójimo —respondió el ermitaño—. Mis pecados se escurren detrás de mí, como se escurre la arena de este caldero. Pero como no miro hacia atrás y no me doy cuenta de mis propios pecados, ¡me llamaron para juzgar a mi prójimo!
Los monjes desistieron del castigo en ese mismo momento.

Estaba escrito en la pared de una pequeña iglesia en los Pirineos: «Señor, que esta vela que acabo de encender sea luz y me ilumine en mis decisiones y dificultades.
»Que sea fuego para que Tú quemes en mí el egoísmo, el orgullo y las impurezas.
»Que sea llama para que Tú calientes mi corazón y me enseñe a amar.
»No puedo quedarme mucho tiempo en Tu iglesia pero, dejando esta vela, un poco de mí mismo permanece aquí. Me ayuda a prolongar mi oración en las actividades de este día.
Amén.»

Un amigo del viajero decidió pasar algunas semanas en un monasterio del Nepal.
Una tarde entró en uno de los muchos templos del monasterio, y encontró a un monje, sonriendo, sentado en el altar.
—¿Por qué sonríe usted? —le preguntó al monje.
—Porque entiendo el significado de los plátanos —dijo el monje, abriendo una bolsa que llevaba, y sacando un plátano podrido de su interior—. Ésta es la vida que pasó y no fue aprovechada en el momento preciso, ahora es demasiado tarde.
Acto seguido, sacó de la bolsa un plátano todavía verde.
Se lo enseñó y volvió a guardarlo.
—Ésta es la vida que todavía no ha ocurrido, hay que esperar el momento preciso —dijo.
Finalmente, sacó un plátano maduro, lo peló y lo compartió con mi amigo, diciendo:
—Éste es el momento presente. Aprende a vivirlo sin miedo.

Baby Consuelo había salido con el dinero justo para llevar a su hijo al cine.
El muchacho estaba muy animado, y a cada momento preguntaba cuánto tiempo tardarían en llegar.
Al parar junto a un semáforo, vio a un mendigo sentado en la acera, sin pedir nada.
—Dale todo el dinero que llevas —escuchó que le decía una voz.
Baby argumentó que le había prometido a su hijo que lo llevaría al cine.
—Dáselo todo —insistió la voz.
—Puedo darle la mitad, mi hijo entra solo, y yo lo espero a la salida —dijo ella.
Pero la voz no quería discusión.
—Dáselo todo.
Baby ni tan siquiera tuvo tiempo de explicárselo al niño: paró el coche y le dio todo el dinero que llevaba al mendigo.
—Dios existe, y usted me lo ha demostrado —dijo el mendigo—. Hoy es mi cumpleaños. Estaba triste, avergonzado de estar siempre pidiendo. Entonces decidí no pedir nada y pensé: si Dios existe, me hará un regalo.

Un hombre pasa por una aldea, en
pleno temporal, y ve una casa que
está ardiendo.
Al acercarse, ve a otro hombre, con fuego hasta
en las cejas, sentado en la sala en llamas.
—¡Eh, tu casa está ardiendo! —dice el peregrino.
—Ya lo sé —responde el hombre.
—¿Entonces por qué no sales?
—Porque está lloviendo —dice el hombre—.
Mi madre me dijo que con la lluvia se puede
coger una neumonía.
Zao Chi comenta sobre la fábula: «Sabio es
aquel hombre que consigue cambiar de
situación cuando se ve forzado a ello.»

En ciertas tradiciones mágicas, los discípulos dedican un día al año o un fin de semana, si fuese necesario, a entrar en contacto con los objetos de su casa.
Tocan cada cosa y preguntan en voz alta:
—¿Realmente necesito esto?
Cogen los libros de la estantería:
—¿Volveré a leer este libro algún día?
Miran los recuerdos que guardaron:
—¿Aún considero importante el momento que este objeto me hace recordar?
Abren todos los armarios:
—¿Cuánto tiempo hace que tengo esto y no lo he usado? ¿Lo voy a necesitar?
Dice el maestro:
Las cosas tienen energía propia. Cuando no se utilizan, acaban por transformarse en agua estancada dentro de casa, un buen lugar para mosquitos y podredumbre.
Es preciso estar atento, dejar que la energía fluya libremente. Si conservas lo que es viejo, lo nuevo no tiene espacio para manifestarse.

Una antigua leyenda peruana habla de una ciudad donde todos eran felices. Sus habitantes hacían lo que querían y se entendían bien, menos el alcalde, que vivía triste porque no había nada que gobernar.

La prisión estaba vacía, el tribunal nunca se utilizaba, y la notaría no daba beneficio, porque la palabra valía más que el papel.

Un día, el alcalde mandó venir a trabajadores de lejos, que cerraron con vallas el centro de la plaza principal; se oyeron martillos golpeando y sierras cortando madera.

Al cabo de una semana, el alcalde invitó a todos los ciudadanos a la inauguración.

Solemnemente, las vallas fueron retiradas, y Apareció… una horca.

La gente comenzó a preguntarse qué hacía allí aquella horca. Con miedo, empezaron a acudir a la justicia para cualquier cosa que antes se resolvía de común acuerdo. Recurrían al notario para registrar documentos que antes eran sustituidos por la palabra. Y volvieron a escuchar al alcalde, por miedo a la ley.

La leyenda dice que la horca nunca fue usada. Pero bastó su presencia para cambiarlo todo.

El psiquiatra alemán Viktor Frankl describe su experiencia en un campo de concentración nazi:

«...en medio del castigo humillante, un preso dijo: "¡Ah, qué vergüenza si nuestras mujeres nos viesen así!" El comentario me hizo recordar el rostro de mi esposa y, en el mismo instante, me sacó de aquel infierno. La voluntad de vivir volvió, diciéndome que la salvación del hombre es para y por el amor.

»Allí estaba yo, en medio del suplicio y, aun así, capaz de entender a Dios, porque podía contemplar mentalmente el rostro de mi amada.

»El guardia nos mandó pasar a todos, pero no obedecí, porque no estaba en el Infierno en aquel momento. Aunque no pudiese saber si mi mujer estaba viva o muerta, eso no cambiaba nada. Contemplar mentalmente su imagen me devolvía la dignidad y la fuerza. Incluso cuando se lo quitan todo, un hombre aún tiene la bienaventuranza de recordar el rostro de quien ama, y eso lo salva.»

Dice el maestro:
 De aquí en adelante, y a lo largo de unos cientos de años, el universo boicoteará a los que tienen prejuicios.
La energía de la Tierra necesita ser renovada. Las ideas nuevas necesitan espacio. El cuerpo y el alma necesitan nuevos desafíos. El futuro llama a nuestra puerta y todas las ideas, excepto las que envuelven prejuicios, tendrán la oportunidad de surgir.
Lo que sea importante quedará; lo que sea inútil desaparecerá. Pero que cada uno juzgue simplemente las propias conquistas: no somos jueces de los sueños de nuestro prójimo.
Para tener fe en nuestro camino, no es preciso demostrar que el camino del otro es equivocado. El que actúa así, no confía en sus propios pasos.

La vida es como una gran carrera ciclista, cuya meta es cumplir la Leyenda Personal.

A la salida estamos juntos, compartiendo camaradería y entusiasmo. Pero a medida que la carrera se desarrolla, la alegría inicial da lugar a los verdaderos desafíos: el cansancio, la monotonía, las dudas en cuanto a la propia capacidad. Nos damos cuenta de que algunos amigos desistieron del desafío; todavía están corriendo, pero simplemente porque no pueden parar en medio de una carretera. Son numerosos, pedalean al lado del coche de apoyo, conversan entre ellos, y cumplen una obligación. Acabamos por distanciarnos de ellos, y entonces nos vemos obligados a enfrentarnos a la soledad, a sorpresas en las curvas desconocidas, a problemas con la bicicleta.

Finalmente nos preguntamos si vale la pena tanto esfuerzo.

Sí, vale la pena. Simplemente es no rendirse.

Maestro y discípulo caminan por los desiertos de Arabia. El maestro aprovecha cada momento del viaje para instruir al discípulo sobre la fe.

—Confía tus cosas a Dios —dice él—; Dios jamás abandona a sus hijos.

De noche, al acampar, el maestro pide al discípulo que ate los caballos a una roca cercana. Él va hasta la roca, pero recuerda las enseñanzas del maestro: «Me está poniendo a prueba —piensa—. Debo confiar los caballos a Dios.» Y deja los caballos sueltos.

Por la mañana, el discípulo descubre que los animales han huido. Enfadado, busca al maestro.

—No sabes nada sobre Dios —protesta—. Le encomendé a Él el cuidado de los caballos. Y los animales no están allí.

—Dios quería cuidar de los caballos —responde el maestro—. Pero, en aquel momento, necesitaba tus manos para atarlos.

—Tal vez Jesús haya enviado a alguno de sus apóstoles al Infierno para salvar almas —dice John—. Incluso en el Infierno, no todo está perdido.

La idea sorprende al viajero. John es bombero en Los Ángeles y es su día libre.

—¿Por qué dices esto? —pregunta.

—Porque he experimentado el infierno aquí en la Tierra. Entro en edificios en llamas, veo a personas desesperadas intentando salir, y muchas veces he llegado a arriesgar mi vida para salvarlas. No soy más que una partícula en este universo inmenso, forzado a comportarme como un héroe en medio de los muchos infiernos de fuego que conozco. Si yo, que no soy nada, puedo comportarme así, ¡imagina lo que Jesús debe de hacer! Con certeza, algunos de Sus apóstoles están infiltrados en el Infierno, salvando almas.

Dice el maestro:
Gran parte de las civilizaciones primitivas acostumbraban a enterrar a sus muertos en posición fetal. «Nace a una nueva vida, así que vamos a colocarlo en la misma posición que estaba cuando vino a este mundo», comentaban. Para estas civilizaciones, en constante contacto con el milagro de la transformación, la muerte era simplemente un paso más en el largo camino del universo.
Poco a poco, el mundo fue perdiendo esa suave visión de la muerte. Pero no importa lo que pensamos, lo que hacemos o en qué creemos: todos moriremos algún día.
Es mejor hacer como los viejos indios yaquis: usar la muerte como una consejera. Preguntarse siempre: «Ya que voy a morir, ¿qué debo hacer ahora?»

La vida no es pedir ni dar consejos. Si
necesitamos ayuda, es mejor ver cómo
los demás resuelven, o no, sus problemas.
Nuestro ángel está siempre presente, y muchas
veces usa los labios de alguien para decirnos
algo. Pero esta respuesta nos viene de manera
casual, generalmente cuando, a pesar de estar
atentos, no dejamos que nuestras
preocupaciones turben el milagro de la vida.
Dejemos que nuestro ángel hable de la manera
en que está acostumbrado, cuando crea que es
necesario.
Dice el maestro:
Los consejos son la teoría de la vida; la práctica,
en general, es muy diferente.

Un padre de la Renovación Carismática
de Río de Janeiro iba en un autobús,
cuando escuchó una voz que decía que debía
levantarse y predicar la palabra de Cristo allí
mismo. El padre comenzó a hablar con la voz:
—Van a pensar que soy ridículo, éste no es lugar
para sermones.
Pero algo dentro de él insistía, era preciso hablar.
—Soy tímido, por favor, no me pidas esto
—imploró.
El impulso interior persistía.
Entonces se acordó de su promesa, aceptar
todos los designios de Cristo. Se levantó,
muriéndose de vergüenza, y empezó a hablar
del Evangelio. Todos escucharon en silencio.
Él miraba a cada pasajero, y pocos desviaban
los ojos. Dijo todo lo que sentía, terminó el
sermón y se sentó de nuevo.
Hasta hoy no sabe qué misión cumplió en aquel
momento. Pero tiene la absoluta certeza de que
cumplió una misión.

Un hechicero africano conduce a su aprendiz por el bosque. Aunque más viejo, camina con agilidad, mientras que su aprendiz resbala y cae a cada momento. El aprendiz blasfema, se levanta, escupe en el suelo traicionero y sigue acompañando a su maestro.

Después de una larga caminata, llegan a un lugar sagrado. Sin parar, el hechicero da media vuelta y comienza el viaje de regreso.

—No me ha enseñado nada hoy —dice el aprendiz, cayendo una vez más.

—Sí que te he enseñado, pero parece que no aprendes —responde el hechicero—. Intento enseñarte cómo lidiar con los errores de la vida.

—¿Y cómo se lidia con ellos?

—Como deberías lidiar con tus caídas —responde el hechicero—. En vez de maldecir el lugar en el que caíste, deberías buscar aquello que te hizo resbalar.

Una tarde, en el monasterio de Sceta, el padre Pastor recibió la visita de un ermitaño.

—Mi orientador espiritual no sabe cómo dirigirme —dijo el recién llegado—. ¿Debo dejarlo?

El padre Pastor no dijo nada, y el ermitaño volvió al desierto. Una semana después fue a visitar al padre Pastor otra vez.

—Mi orientador espiritual no sabe cómo dirigirme —dijo—. He decidido dejarlo.

—Éstas son unas sabias palabras —respondió el padre Pastor—. Cuando un hombre nota que su alma no está contenta, no pide consejos; toma las decisiones necesarias para preservar su camino en esta vida.

Una joven se acerca al viajero.

—Quiero contarle algo —dice—. Siempre creí que tenía el don de la curación, pero no tenía el coraje de intentarlo con nadie. Hasta un día que mi marido tenía mucho dolor en la pierna izquierda, no había nadie cerca para ayudarlo y yo decidí, muerta de vergüenza, poner mis manos sobre su pierna, y rogar que cesase el dolor. Actué sin creer que podría ayudarlo, hasta que lo escuché rezando: «Señor, haz que mi mujer sea capaz de ser mensajera de Tu Luz, de Tu Fuerza», decía él. Mi mano empezó a calentarse, y los dolores en seguida cesaron.

»Después le pregunté por qué había rezado de aquella manera. Me respondió que fue para darme confianza. Hoy soy capaz de curar, gracias a aquellas palabras.

El filósofo Aristipo cortejaba el poder de la corte de Dionisio, tirano de Siracusa.
Una tarde encontró a Diógenes preparándose un pequeño plato de lentejas.

—Si halagases a Dionisio, no te verías forzado a comer lentejas —dijo Aristipo.

—Si tú supieses comer lentejas, no te verías forzado a halagar a Dionisio —respondió Diógenes.

Dice el maestro:

Es verdad que existe un precio para todo, pero ese precio es relativo. Cuando perseguimos nuestros sueños, podemos dar la impresión a los demás de que somos miserables e infelices. Pero lo que los demás piensan no importa: lo que importa es la alegría de nuestro corazón.

Un hombre que vivía en Turquía oyó hablar de un gran maestro que moraba en Persia. Sin dudarlo, vendió todas sus cosas, se despidió de la familia, y se fue en busca de la sabiduría. Después de viajar durante años, consiguió llegar a la cabaña en la que vivía el gran maestro. Lleno de terror y de respeto, se acercó y llamó.
El gran maestro abrió la puerta.
—Vengo de Turquía —dijo—. Hice todo este viaje sólo para hacerte una pregunta.
El viejo lo miró, sorprendido:
—Está bien. Puedes hacer sólo una pregunta.
—Necesito ser claro en mi pregunta; ¿puedo preguntar en turco?
—Sí —dijo el sabio—, y ya he respondido a tu única pregunta. Cualquier otra cosa que quieras saber, pregúntasela a tu corazón; él te dará la respuesta.
Y cerró la puerta.

Dice el maestro:

La palabra es poder. Las palabras transforman al mundo y al hombre.

Todos hemos oído decir alguna vez: «No se debe hablar de las cosas buenas que nos ocurren, pues la envidia ajena destruirá nuestra alegría.»

Nada de eso: los vencedores hablan con orgullo de los milagros de sus vidas. Si pones energía positiva en el aire, atrae más energía positiva, y alegra a aquellos que realmente te quieren bien.

En cuanto a los envidiosos, a los derrotados, sólo podrán causarte algún daño si les das ese poder.

No temas. Habla de las cosas buenas de tu vida para quien quiera oírlas. El Alma del Mundo tiene una gran necesidad de tu alegría.

Había un rey en España que estaba muy orgulloso de su lenguaje, y que era conocido por su crueldad con los más débiles. Una vez, caminaba con su comitiva por un campo de Aragón donde, años antes, había perdido a su padre en una batalla. Allí encontró a un hombre santo removiendo una enorme pila de huesos.

—¿Qué haces ahí? —preguntó el rey.

—Honrada sea vuestra majestad —dijo el hombre santo—. Cuando supe que el rey de España iba a pasar por aquí, decidí recoger los huesos de vuestro padre fallecido para entregároslos. Sin embargo, por más que busco, no consigo encontrarlos: son iguales que los huesos de los campesinos, de los pobres, de los mendigos y de los esclavos.

Del poeta norteamericano Langston Hughes:
«Yo conozco los ríos.
»Yo conozco ríos tan antiguos como el mundo, y más viejos que el flujo de la sangre en las venas humanas.
»Mi alma es tan profunda como los ríos.
»Yo me bañé en el Éufrates, en la aurora de la civilización.
»Yo construí mi cabaña a orillas del Congo, y sus aguas me cantaron una canción de cuna.
»Yo vi el Nilo, y construí las pirámides.
»Yo escuché el canto del Mississippi cuando Lincoln viajó hasta Nueva Orleans, y vi sus aguas volverse doradas al atardecer.
»Mi alma se volvió tan profunda como los ríos.»

—¿Quién es el mejor en el uso de la espada? —preguntó el guerrero.
—Ve hasta el campo cerca del monasterio —dijo el maestro—. Allí hay una roca. Insúltala.
—¿Por qué debo hacerlo? —preguntó el discípulo—. ¡La roca jamás me responderá!
—Entonces, atácala con tu espada —dijo el maestro.
—Tampoco voy a hacer eso —respondió el discípulo—. Mi espada se rompería. Y si la ataco con mis propias manos, me haré daño en los dedos sin conseguir nada. Mi pregunta era otra: ¿quién es el mejor en el uso de la espada?
—El mejor es el que se parece a la roca —dijo el maestro—. Sin desenvainar la hoja, es capaz de demostrar que nadie conseguirá vencerla.

El viajero llega a la aldea de San Martín de Unx, en Navarra, y consigue localizar a la mujer que guarda la llave de la hermosa iglesia románica, en el pueblo casi en ruinas. Muy gentilmente, ella sube las callejuelas estrechas y abre la puerta.
La oscuridad y el silencio del templo medieval conmueven al viajero. Conversa un poco con la mujer, y en un determinado momento comenta que, a pesar de ser mediodía, poco se puede ver de las bellísimas obras de arte que hay allí dentro.
—Sólo podemos ver los detalles al amanecer —dice la mujer—. Cuenta la leyenda que esto era lo que los constructores de esta iglesia nos querían enseñar: que Dios busca siempre el momento oportuno para mostrarnos su gloria.

Dice el maestro:

> Existen dos dioses. El dios que nuestros profesores nos enseñaron, y el Dios que nos enseña. El dios sobre el cual la gente acostumbra a hablar, y el Dios que conversa con nosotros.
>
> El dios que aprendemos a temer, y el Dios que nos habla de misericordia.
>
> Existen dos dioses. El dios que está en las alturas, y el Dios que participa de nuestra vida diaria. El dios que nos cobra, y el Dios que perdona nuestras deudas. El dios que nos amenaza con los castigos del Infierno, y el Dios que nos muestra el mejor camino.
>
> Existen dos dioses. Un dios que nos aplasta con nuestras culpas, y un Dios que nos libera con Su amor.

Una vez le preguntaron al escultor Miguel Ángel cómo hacía para crear obras tan magníficas.
—Es muy simple —respondió Miguel Ángel—. Cuando miro un bloque de mármol, veo la escultura dentro. Todo lo que tengo que hacer es retirar las esquirlas.
Dice el maestro:
Estamos destinados a crear una obra de arte. Es el punto central de nuestra vida y, por más que intentemos engañarnos, sabemos lo importante que es para nuestra felicidad.
Generalmente, esta obra de arte está oculta por años de miedos, culpas, indecisiones.
Pero si decidimos sacar esas esquirlas, si no dudamos de nuestra capacidad, somos capaces de llevar adelante la misión que nos fue designada. Y ésta es la única manera de vivir con honra.

Un anciano a punto de morir busca a
un joven, y le narra una historia heroica:
durante una guerra, ayudó a un hombre a huir.
Le dio abrigo, alimento y protección. Cuando
ya estaban llegando a un lugar seguro, este
hombre decidió traicionarlo y entregarlo
al enemigo.
—¿Y cómo escapó usted? —pregunta el joven.
—No escapé; soy el otro, soy el que traicionó
—dice el viejo—. Pero al contar esta historia como
si fuese el héroe, puedo comprender todo lo que
hizo por mí.

Dice el maestro:

Todos nosotros necesitamos amor.
El amor forma parte de la naturaleza humana, tanto como comer, beber y dormir. Muchas veces nos sentamos ante un bonito atardecer, completamente solos, y pensamos: «Nada de esto tiene importancia, porque no puedo compartir toda esta belleza con nadie.»
En estos momentos, vale la pena preguntar: ¿cuántas veces nos han pedido amor, y nosotros simplemente giramos la cara para otro lado?
¿Cuántas veces hemos tenido miedo de acercarnos a alguien, y decirle, con todas las letras, que estábamos enamorados?
Cuidado con la soledad. Es tan viciosa como las drogas más peligrosas. Si el atardecer ya no tiene sentido para ti, sé humilde y parte en busca de amor. Piensa que, así como otros bienes espirituales, cuanto más estés dispuesto a dar, más recibirás a cambio.

Un misionero español visitaba una isla cuando se encontró con tres sacerdotes aztecas.

—¿Cómo rezan ustedes? —preguntó el padre.
—Sólo tenemos una oración —respondió uno de los aztecas—. Decimos: «Dios, Tú eres tres y nosotros somos tres. Ten piedad de nosotros.»
—Voy a enseñaros una oración que Dios escucha —dijo el misionero.

Les enseñó una oración católica, y siguió su camino.

Poco antes de volver a España, tuvo que pasar por aquella misma isla donde había estado algunos años antes.

Cuando la carabela se acercaba, el padre vio a los tres sacerdotes caminando sobre las aguas.

—Padre, padre —dijo uno de ellos—. Por favor, vuelva a enseñarnos la oración que Dios escucha, porque no conseguimos recordarla.
—No importa —respondió el padre, al ver el milagro.

Y pidió perdón a Dios, por no haber entendido que Él hablaba todas las lenguas.

San Juan de la Cruz enseña que, en nuestro camino espiritual, no debemos buscar visiones ni seguir las palabras de otros que ya han recorrido este camino. Nuestro único apoyo debe ser la fe, porque la fe es algo limpio, transparente, que nace en nuestro interior, y no puede ser confundida.

Un escritor estaba conversando con un padre y le preguntó qué era la experiencia de Dios.

—No lo sé —respondió el padre—. Todo lo que he tenido hasta hoy ha sido la experiencia de mi fe en Dios. Y esto es lo más importante.

Dice el maestro:

El perdón es una carretera de doble sentido. Siempre que perdonamos a alguien, también nos estamos perdonando a nosotros mismos. Si somos tolerantes con los demás, es más fácil aceptar nuestros propios errores. Así, sin culpa y sin amargura, conseguimos mejorar nuestra actitud ante la vida.
Cuando realmente permitimos que el odio, la envidia, la intolerancia, vibren a nuestro alrededor, terminamos consumidos por esta vibración.
Pedro le preguntó a Cristo:
—Maestro, ¿debo perdonar siete veces a mi prójimo?
Y Cristo respondió:
—No sólo siete, sino setenta veces.
El acto de perdonar limpia el plano astral, y nos muestra la verdadera luz de la Divinidad.

Dice el maestro:
Los antiguos maestros acostumbraban a crear «personajes» para ayudar a sus discípulos a lidiar con el lado más sombrío de la personalidad. Muchas de las historias relacionadas con la creación de personajes se transformaron en famosos cuentos de hadas. El proceso es simple: basta con traspasar tus angustias, miedos, decepciones, a un ser invisible que está a tu lado izquierdo. Él funciona como el «villano» de tu vida, sugiriéndote siempre actitudes que no te gustaría adoptar, pero que terminas adoptando. Una vez creado tal personaje, es más fácil no obedecer sus consejos.
Es extremadamente simple. Y por eso funciona muy bien.

—¿Como puedo saber cuál es la mejor manera de actuar en la vida?
—preguntó el discípulo al maestro.
El maestro le pidió que construyese una mesa. Cuando la mesa estaba casi lista, y sólo le faltaba clavar las puntas en la parte superior, el maestro se acercó. El discípulo clavaba las puntas con tres golpes precisos. Una de las puntas, sin embargo, se resistía y el discípulo tuvo que dar un golpe más. El cuarto golpe enterró el clavo demasiado, y la madera se agrietó.
—Tu mano estaba acostumbrada a tres martillazos —dijo el maestro—. Cuando una acción pasa a ser controlada por el hábito, pierde el sentido, y puede terminar causando daños.
»Cada acción es una acción, y sólo existe un secreto: jamás dejes que el hábito dirija tus movimientos.

Cerca de la ciudad de Soria, en España, existe una antigua ermita enclavada en la roca, donde vive, desde hace unos años, un hombre que lo abandonó todo para dedicarse a la contemplación. El viajero va a visitarlo una tarde de otoño; es recibido con toda la hospitalidad posible.

Tras compartir un pedazo de pan, el ermitaño le pide que lo acompañe hasta un riachuelo próximo, para recoger algunas setas comestibles. En el camino, un joven se les acerca.

—Santo hombre —dice—, he oído decir que, para alcanzar la iluminación, no debemos comer carne. ¿Es eso cierto?

—Acepta con alegría todo lo que la vida te ofrece —responde el hombre—. No pecarás contra el espíritu, pero tampoco blasfemarás contra la generosidad de la tierra.

Dice el maestro:

Si el camino es muy difícil, procura oír a tu corazón. Procura ser lo más honesto posible contigo mismo, mira si realmente estás siguiendo tu camino, pagando el precio de tus sueños.

Si aún así sigues recibiendo golpes de la vida, llega un momento en que es preciso quejarse. Hazlo con respeto, como un hijo se queja a un padre, pero no dejes de pedir un poco más de atención y de ayuda. Dios es padre y madre, y los padres siempre esperan lo mejor de su hijo.

Puede ser que el aprendizaje esté siendo demasiado duro, y no cuesta nada pedir una pausa, un cariño.

Pero nunca exageres. Job se quejó en el momento oportuno y sus bienes le fueron devueltos. Al Afid se acostumbró a quejarse por todo y Dios dejó de escucharlo.

Las fiestas de Valencia, en España, tienen un curioso ritual, cuyo origen está en la antigua comunidad de los carpinteros. Durante todo el año, artesanos y artistas construyen gigantescas esculturas de madera. En la semana de fiestas, las plantan en el centro de la ciudad. La gente pasa, comenta, se deslumbra y se conmueve ante tanta creatividad. Entonces, el día de san José, todas estas obras de arte, excepto una, son quemadas en una gigantesca hoguera, ante millares de curiosos.
—¿Por qué tanto trabajo en vano? —preguntó una inglesa, mientras las inmensas llamas subían al cielo.
—Usted también morirá algún día —respondió una española—. ¿Se le ha ocurrido a usted que en ese momento un ángel le pregunte a Dios: «¿Por qué tanto trabajo en vano?»

Un hombre muy piadoso se vio, de repente, privado de todas sus riquezas. Sabiendo que Dios podía ayudarlo en cualquier circunstancia, comenzó a rezar:
—Señor, haz que gane a la lotería —pedía él.
Durante años y años rezó, y continuó siendo pobre.
Finalmente llegó el día de su muerte y, como era muy piadoso, fue directamente al Cielo.
Al llegar, se negó a entrar. Dijo que había vivido toda su vida de acuerdo con los preceptos religiosos que le habían enseñado, y que Dios jamás había hecho que ganase a la lotería.
—Todo lo que me prometiste, Señor, no es más que una mentira —dijo el hombre, enfadado.
—Siempre quise ayudarte a ganar —respondió el Señor—. Sin embargo, por más que yo quería ayudarte, nunca compraste un billete de lotería.

Un viejo sabio chino caminaba por un campo de nieve cuando vio a una mujer llorando.

—¿Por qué lloras? —preguntó él.

—Porque me acuerdo del pasado, de mi juventud, de la belleza que veía en el espejo, de los hombres que amé. Dios fue cruel conmigo porque me dio memoria. Él sabía que yo recordaría la primavera de mi vida, y que lloraría.

El sabio contempló el campo de nieve, con la mirada fija en un punto. En un determinado momento, la mujer paró de llorar.

—¿Qué estás mirando? —preguntó.

—Un campo de rosas —dijo el sabio—. Dios fue generoso conmigo porque me dio memoria. Él sabía que, en el invierno, yo siempre podría recordar la primavera y sonreír.

Dice el maestro:

La Leyenda Personal no es tan simple como parece. Al contrario, puede ser una actividad peligrosa. Cuando queremos algo, ponemos en marcha energías poderosas, y ya no podemos ocultarnos el verdadero sentido de nuestra vida.

Cuando queremos algo, escogemos el precio que vamos a pagar.

Seguir un sueño tiene un precio. Puede exigir que abandonemos viejos hábitos, puede hacernos pasar dificultades, tener decepciones, etc.

Pero, por alto que sea ese precio, nunca es tan alto como el que paga el que no vivió su Leyenda Personal. Porque éste un día mirará atrás, verá todo lo que hizo y escuchará a su propio corazón decir: «He desperdiciado mi vida.» Creedme, ésta es una de las peores frases que alguien puede oír.

En uno de sus libros. Castaneda cuenta que, una vez, su maestro le mandó ponerse el cinto de los pantalones en el sentido contrario al que estaba acostumbrado. Castaneda así lo hizo, seguro de que estaba aprendiendo un valioso instrumento de poder.

Meses después, comentó con su maestro que, gracias a aquella práctica mágica, estaba aprendiendo más de prisa que antes.

—Al invertir la dirección del cinto, transformo la energía positiva en negativa —dijo.

El maestro soltó una gustosa carcajada.

—¡Los cintos nunca han modificado la energía! Te mandé hacer eso para que, siempre que te pusieses el pantalón, recordases que estás en un aprendizaje mágico. Fue la conciencia del aprendizaje, y no el cinto, lo que te hizo crecer.

Un maestro tenía cientos de discípulos.
Todos rezaban a su hora, excepto
uno, que vivía en estado de embriaguez.
El día de su muerte, el maestro llamó al
discípulo borracho y le transmitió los secretos
ocultos.
Los otros se enfadaron.
—¡Qué vergüenza! —decían—. Pues nos hemos
sacrificado por un maestro equivocado, que no
sabe ver nuestras cualidades.
Dijo el maestro:
—Necesitaba contarle estos secretos a un hombre
que yo conociese bien. Los que parecen muy
virtuosos generalmente esconden la vanidad, el
orgullo, la intolerancia. Por eso, escogí al único
discípulo en el que yo podía ver el defecto:
la embriaguez.

Del padre cisterciense Marcos García:
«A veces Dios nos niega una determinada bendición para que podamos comprenderlo más allá de los favores y de las peticiones. Él sabe hasta qué punto puede probar un alma, y nunca va más allá de este punto.

»En estos momentos jamás debemos decir "Dios me ha abandonado." Jamás lo hace: nosotros sí que podemos, a veces, abandonarlo. Si el Señor nos somete a una gran prueba, también nos da siempre las fuerzas suficientes (yo diría, más que suficientes) para superarla.

»Cuando nos sentimos lejos de Su rostro, debemos preguntarnos: ¿estamos aprovechando lo que Él ha puesto en nuestro camino?»

A veces pasamos días o semanas enteras sin recibir ningún gesto de cariño del prójimo. Son períodos difíciles, cuando el calor humano se pierde, y la vida se resume en un arduo esfuerzo de supervivencia.

Dice el maestro:

Debemos examinar nuestro propio lar. Debemos echar más leña, e intentar iluminar la sala oscura en la que se ha convertido nuestra vida. Cuando escuchemos que nuestro fuego crepita, que la madera chasquea, las historias que cuentan las llamas, la esperanza nos será devuelta.

Si somos capaces de amar, también seremos capaces de ser amados. Es simplemente una cuestión de tiempo.

Alguien rompió un vaso durante la comida.
—Esto es señal de buena suerte
—comentaron.
Todos los presentes conocían esta tradición.
—¿Por qué es señal de buena suerte? —preguntó un rabino que formaba parte del grupo.
—No sé —dijo la mujer del viajero—. Tal vez sea una antigua manera de hacer que el huésped siempre se sienta cómodo.
—Ésa no es la explicación correcta —respondió el rabino.
—Ciertas tradiciones judaicas dicen que cada hombre tiene una cota de suerte, que va usando en el transcurso de su vida. Puede hacer que esta suerte produzca intereses, si sólo la usa para cosas que realmente necesita; o puede desperdiciarla en vano.
»También nosotros, los judíos, decimos "buena suerte" cuando alguien rompe un vaso. Pero esto significa: qué bien, no has desperdiciado tu suerte intentando evitar que este vaso se rompiese. Entonces, podrás usarla para cosas más importantes.

El padre Abraham se enteró de que cerca del monasterio de Sceta había un ermitaño con fama de sabio.

Fue a buscarlo y le preguntó:

—Si hoy te encontrases a una bella mujer en tu cama, ¿podrías pensar que no es una mujer?

—No —respondió el sabio—, pero podría contenerme.

El padre continuó.

—Y si vieses monedas de oro en el desierto, ¿podrías ver ese oro como si fuesen piedras?

—No —dijo el sabio—, pero podría controlarme para no cogerlas.

El padre Abraham insistió:

—Y si te buscasen dos hermanos, uno que te odia, y otro que te ama, ¿podrías pensar que ambos son iguales?

Dijo el sabio:

—Aun sufriendo por dentro, trataría al que me ama de la misma manera que al que me odia.

—Os voy a explicar qué es un sabio —dijo el padre a sus novicios, cuando volvió—. Es aquel que, en vez de matar sus pasiones, consigue controlarlas.

Frasier escribió durante toda su vida sobre la conquista del Oeste americano. Orgulloso de ostentar en su currículum el guión de una película protagonizada por Gary Cooper, cuenta que pocas veces en su vida se aburrió de algo.

—Aprendí mucho de los pioneros americanos —dice él—. Luchaban contra los indios, cruzaban desiertos, buscaban agua y comida en regiones remotas.

»Y todos los registros de la época muestran una característica curiosa: los pioneros sólo escribían o hablaban de las cosas buenas. En vez de quejarse componían música y hacían bromas sobre las dificultades enfrentadas. Así conseguían apartar el desánimo y la depresión. Y hoy, a mis ochenta y ocho años, procuro comportarme de la misma manera.

El texto está adaptado
de un poema de John Muir:
«Quiero dejar mi alma libre para que pueda disfrutar de todos los dones que los espíritus poseen. Cuando esto sea posible, no intentaré conocer los cráteres de la luna, ni perseguir los rayos del sol hasta su fuente. No procuraré entender la belleza de la estrella, ni la desolación artificial del ser humano.

»Cuando sepa cómo liberar mi alma, seguiré a la aurora, y trataré de volver con ella a través del tiempo. Cuando sepa liberar mi alma, me sumergiré en las corrientes magnéticas que desembocan en un océano donde todas las aguas se cruzan, y forman el Alma del Mundo.

»Cuando sepa liberar mi alma, procuraré leer la espléndida página de la Creación desde el principio.»

Uno de los símbolos sagrados del
cristianismo es la figura del pelícano.
La explicación es simple: ante la total ausencia
de comida, el pelícano abre su pecho con el
pico, y les ofrece su propia carne a sus crías.
Dice el maestro:
Muchas veces somos incapaces de entender las
bendiciones que recibimos. Muchas veces no
nos damos cuenta de lo que Él hace para
mantenernos espiritualmente alimentados.
Hay un cuento sobre un pelícano que, durante
un riguroso invierno, consigue sobrevivir a su
autosacrificio durante algunos días, ofreciendo
su propia carne a sus hijos. Cuando, finalmente,
muere de debilidad, una de las crías comenta
con otra:
—Menos mal. Estaba cansado de comer todos los
días lo mismo.

Si estás insatisfecho por algo, aunque sea algo bueno, que te gustaría realizar y no lo consigues, para ahora.

Si las cosas no marchan, sólo existen dos explicaciones: o tu perseverancia está siendo probada, o necesitas cambiar de rumbo.

Para descubrir cuál de las opciones es la correcta, ya que son actitudes opuestas, usa el silencio y la oración. Poco a poco, las cosas se van aclarando misteriosamente, hasta que tienes fuerzas suficientes para escoger.

Una vez tomada la decisión, olvida por completo la otra posibilidad. Y sigue adelante, porque Dios es el Dios de los Valientes.

Dijo Domingos Sabino:

—Al final, todo siempre acaba bien. Si las cosas no van bien, es porque todavía no has llegado al final.

El compositor Nelson Motta estaba en Bahía cuando decidió visitar a la Madre Menininha do Gantois. Tomó un taxi y, en el camino, el conductor se quedó sin frenos. El coche derrapó en medio de la autopista, pero, aparte del susto, no ocurrió nada grave.
Al encontrarse con la Madre Menininha, lo primero que Nelson le contó fue el amago de accidente a mitad de camino.

—Hay ciertas cosas que ya están escritas, pero Dios busca la manera de que pasemos por ellas sin ningún problema serio. O sea, formaba parte de tu destino un accidente de coche en este momento de tu vida —dijo ella—. Pero como puedes ver —concluyó la Madre Menininha—, ocurrió todo, y no ocurrió nada.

—Faltó algo en su charla sobre el Camino de Santiago —dice una peregrina al viajero, al salir de la conferencia.

—He notado que la mayoría de los peregrinos, tanto en el Camino de Santiago, como en los caminos de la vida, siempre procuran seguir el ritmo de los demás —dice ella—. Al inicio de mi peregrinación, procuraba ir siempre a la par de mi grupo. Me cansaba, le exigía a mi cuerpo más de lo que podía dar, vivía en tensión, y acabé teniendo problemas en los tendones del pie izquierdo. Imposibilitada para andar durante dos días, comprendí que sólo conseguiría llegar a Santiago si obedecía a mi ritmo personal.

»Tardé más que los demás, tuve que andar sola muchos trechos, pero fue el hecho de respetar mi propio ritmo el que me permitió completar el camino. Desde entonces aplico esto a todo lo que tengo que hacer en la vida.

Creso, rey de Lidia, estaba decidido
a atacar a los persas, pero, aun así,
resolvió consultar a un oráculo griego.
—Estás destinado a destruir un gran imperio
—comentó el oráculo.
Contento, Creso declaró la guerra. Tras dos días
de lucha, Lidia fue invadida por los persas, su
capital saqueada, y el propio Creso apresado.
Indignado, pidió a su embajador en Grecia
que volviese al oráculo para decirle que habían
sido engañados.
—No, no fuisteis engañados —respondió el
oráculo al embajador—. Habéis destruido un
gran imperio: Lidia.
Dice el maestro:
El lenguaje de las señales está ante nosotros,
para enseñarnos la mejor manera de proceder.
Sin embargo, intentamos distorsionar esas
señales, de modo que «concuerden» con aquello
que queremos hacer a toda costa.

Buscaglia cuenta la historia del cuarto rey mago, que también vio la estrella brillar sobre Belén, pero que siempre llegaba con retraso a los lugares en los que Jesús podría estar, porque pobres y miserables pedían su ayuda. Después de treinta años siguiendo los pasos de Jesús por Egipto, Galilea, Betania, el rey mago llega a Jerusalén; es demasiado tarde, el niño ya se ha transformado en un hombre y lo van a crucificar ese mismo día. El rey había comprado perlas para Cristo, pero tuvo que venderlas casi todas para ayudar a la gente con la que se cruzó en el camino. Sólo quedó una perla, y el Salvador ya había muerto.

—Fallé en la misión de mi vida —piensa el rey mago.

En ese momento, escucha una voz:

—Al contrario de lo que piensas, me has encontrado durante toda tu vida. Estaba desnudo, y me vestiste. Tuve hambre, y me diste de comer. Estaba preso, y me visitaste. Estaba en todos los pobres de tu camino. Muchas gracias por tantos regalos de amor.

Un cuento de ciencia ficción habla de una sociedad donde casi todos nacían preparados para un trabajo; técnicos, ingenieros o mecánicos. Algunos nacían sin ninguna habilidad; éstos eran enviados a un sanatorio mental, ya que los locos eran totalmente incapaces de contribuir en nada a la sociedad. Uno de los locos se rebela. El sanatorio tiene una biblioteca, y él intenta aprender todo lo que puede sobre ciencia y arte. Cuando cree que ya sabe lo suficiente, decide huir, pero es capturado y llevado a un centro de estudios fuera de la ciudad.

—Sé bien venido —dice uno de los encargados del centro—. Son justamente a aquellos que se ven forzados a descubrir su propio camino a los que más admiramos. Puedes hacer lo que quieras a partir de ahora, pues gracias a personas como tú, el mundo consigue avanzar.

Antes de partir hacia un largo viaje, el comerciante fue a despedirse de su mujer.

—Nunca me has dado un regalo que esté a mi altura —dijo ella.

—Mujer ingrata, todo lo que te he dado me costó años de trabajo —respondió el hombre—. ¿Qué más te podría dar?

—Algo que sea tan bello como yo.

Durante dos años, la mujer esperó su regalo. Finalmente el comerciante regresó.

—Conseguí encontrar algo tan bello como tú —dijo él—. Lloré ante tu ingratitud, pero decidí cumplir tu deseo. He pasado todo este tiempo pensando qué regalo sería tan bello como tú, y acabé encontrándolo.

Y le tendió a su mujer un pequeño espejo.

El filósofo alemán Nietzsche dijo en una ocasión: «No vale la pena vivir discutiendo sobre todo; forma parte de la condición humana errar de vez en cuando.»
Dice el maestro:
Hay gente que se asegura mucho de estar en lo cierto en los más pequeños detalles. Nosotros mismos, muchas veces, no nos permitimos equivocarnos.
Lo que conseguimos con esta actitud es el pavor a seguir adelante.
El miedo a equivocarnos es la puerta que nos encierra en el castillo de la mediocridad. Si conseguimos vencer este miedo, estamos dando un paso importante hacia nuestra libertad.

Un novicio preguntó al padre
Nisteros, del monasterio de Sceta:
—¿Qué es lo que debo hacer para agradar a Dios?
—Abraham aceptaba a los extranjeros, y Dios se alegró. A Elías no le gustaban los extranjeros, y Dios se alegró. David estaba orgulloso de lo que hacía, y Dios se alegró. Juan Bautista se marchó al desierto, y Dios se alegró. Jonás se marchó a la gran ciudad de Nínive, y Dios se alegró.
»Pregúntale a tu alma qué quiere hacer. Cuando el alma camina de acuerdo con sus sueños, ella alegra a Dios.

Un maestro budista viajaba a pie con sus discípulos, cuando se dio cuenta de que discutían entre ellos quién era el mejor.
—Practico la meditación desde hace quince años —decía uno.
—Hago caridad desde que salí de la casa de mis padres —decía otro.
—Siempre he seguido las enseñanzas de Buda —decía un tercero.
Al mediodía, pararon debajo de un manzano para descansar. Las ramas estaban cargadas, y llegaban al suelo con el peso de las frutas. Entonces el maestro habló:
—Cuando un árbol está cargado de fruta, sus ramas se doblan y tocan el suelo. Así, el verdadero sabio es aquel que es humilde.
»Cuando un árbol no tiene frutos, sus ramas son arrogantes y altivas. Así, el loco siempre se cree mejor que su prójimo.

En la Última Cena Jesús acusó, con la misma gravedad y con la misma frase, a dos de sus apóstoles. Ambos habían cometido los pecados previstos por Jesús.
Judas Iscariote se dio cuenta y se condenó.
Pedro también se dio cuenta, después de negar tres veces todo aquello en lo que creía.
Pero, en el momento decisivo, Pedro entendió el verdadero significado del mensaje de Jesús. Pidió perdón, y siguió adelante, aunque humillado.
Él también podía haber escogido el suicidio. En vez de eso, se encaró con otros Apóstoles, y debió de decir algo así:
«Vale, hablad de mi error mientras dure la raza humana. Pero dejadme corregirlo.»
Pedro comprendió que el Amor perdona. Judas no entendió nada.

Un famoso escritor caminaba con un amigo cuando un muchacho cruzó la calle sin ver que un camión se acercaba a toda velocidad. El escritor, en una fracción de segundo, se tiró delante del vehículo y consiguió salvarlo. Pero, antes de que nadie lo felicitase por el heroico acto, le dio un cachete al niño:

—No te dejes engañar por las apariencias, hijo mío —dijo él—. ¡Sólo te salvé para que no puedas evitar los problemas que vas a tener cuando seas adulto!

Dice el maestro:

A veces tenemos vergüenza de hacer el bien. Nuestro sentimiento de culpa intenta siempre decirnos que, cuando actuamos con generosidad, lo que estamos intentando hacer es presionar a los demás, «sobornar» a Dios, etc. Parece difícil aceptar que nuestra naturaleza es esencialmente buena. Ocultamos los buenos gestos con ironía y desinterés, como si amor fuese sinónimo de flaqueza.

Él miró la mesa, pensando en el mejor símbolo de su estancia en la Tierra.
Tenía ante él las granadas de Galilea, las especias de los desiertos del Sur, los frutos secos de Siria, los dátiles de Egipto.
Debió de extender Su mano para consagrar una de estas cosas cuando, de repente, recordó que el mensaje que llevaba era para todos los hombres, de todos los lugares.
Y tal vez, las granadas y los dátiles no existiesen en determinados lugares del mundo.
Volvió a mirar a Su alrededor, y se le ocurrió otra idea: en las granadas, en los dátiles, en los frutos secos, el milagro de la Creación se manifestaba por sí mismo, sin ninguna interferencia del ser humano.
Entonces cogió el pan, dio gracias, lo partió y se lo dio a sus discípulos diciendo: «Tomad y comed todos de Él, porque éste es Mi cuerpo.»
Porque había pan en todas partes. Y porque el pan, al contrario que los dátiles, las granadas y los frutos secos de Siria, era el mejor símbolo del camino hacia Dios.
El pan era el fruto de la tierra Y DEL TRABAJO del hombre.

El malabarista se detiene en medio de la plaza, coge tres naranjas y comienza a lanzarlas al aire. La gente se agrupa a su alrededor, presta atención a la gracia y a la elegancia de sus gestos.

—La vida es más o menos así —comenta alguien con el viajero—. Siempre tenemos una naranja en cada mano, y una suelta en el aire; ahí está la diferencia. Fue lanzada con habilidad y experiencia, pero tiene su propio rumbo.

Al igual que el malabarista, lanzamos un sueño al mundo, pero no siempre tenemos el control sobre él. En esos momentos, es preciso saber entregárselo a Dios y rogar que, a su debido tiempo, él cumpla con dignidad su recorrido y caiga, realizado, en nuestras manos.

Uno de los más poderosos ejercicios de crecimiento interior consiste en prestar atención a cosas que hacemos automáticamente, como respirar, parpadear o fijarnos en los objetos que hay a nuestro alrededor.
Cuando hacemos esto, permitimos que nuestro cerebro trabaje con más libertad, sin interferencias de nuestros deseos. Ciertos problemas que parecían no tener solución acaban resolviéndose, ciertas obras que juzgábamos insuperables se disiparon sin esfuerzo.
Dice el maestro:
Cuando tengas que enfrentarte a una situación difícil, procura usar esta técnica. Exige un poquito de disciplina, pero los resultados son sorprendentes.

Un individuo está en
el mercado vendiendo jarrones.
Se acerca una mujer y mira la mercancía.
Algunas piezas no tienen dibujo, otras están
decoradas cuidadosamente.
La mujer pregunta el precio de los jarrones.
Para su sorpresa, descubre que todos cuestan
lo mismo.
—¿Cómo el jarrón decorado puede costar lo
mismo que un jarrón sin dibujo? —pregunta
ella—. ¿Por qué cobrar igual por un trabajo que
llevó más tiempo hacer?
—Soy un artista —responde el vendedor—. Puedo
cobrar por el jarrón que he hecho, pero no
puedo cobrar por la belleza. La belleza es gratis.

El viajero se sentía solo al salir de una misa. De repente, fue abordado por un amigo.

—Necesito hablar contigo —dijo.

El viajero vio en aquel encuentro una señal, y se entusiasmó tanto que empezó a hablar sobre todo lo que consideraba importante. Habló de las bendiciones de Dios, de amor, dijo que su amigo era una señal de su ángel, pues se sentía solo minutos antes, y ahora tenía compañía.

El otro lo escuchó todo en silencio, se lo agradeció, y se marchó.

En vez de alegre, el viajero se sintió más solo que nunca. Más tarde se dio cuenta de que con todo su entusiasmo no había prestado atención a la petición de aquel amigo: hablar.

El viajero miró al suelo y vio sus palabras tiradas en la acera, porque el universo quería otra cosa en aquel momento.

Tres hadas fueron invitadas al bautizo de un príncipe. La primera le concedió el don de encontrar el amor. La segunda le dio dinero para que hiciese lo que le gustase. La tercera le dio la belleza.

Pero como en toda historia infantil, apareció la bruja. Furiosa por no haber sido invitada, lanzó la maldición:

—Como ya lo tienes todo, yo te voy a dar todavía más. Tendrás talento para todo aquello que hagas.

El príncipe creció siendo apuesto, rico y apasionado. Pero jamás consiguió cumplir su misión en la Tierra. Era un excelente pintor, escultor, escritor, músico, matemático, pero no conseguía terminar ninguna tarea, porque enseguida se distraía, y quería hacer algo diferente.

Dice el maestro:

Todos los caminos van al mismo lugar. Pero escoge el tuyo, y ve hasta el final. No intentes recorrer todos los caminos.

Un texto anónimo del siglo XVIII habla de un monje ruso que buscaba un guía espiritual. Un día le dijeron que en una aldea había un ermitaño que se dedicaba día y noche a la salvación de su alma. Al oír esto, el monje se fue a buscar al hombre santo.

—Quiero que me guíes en los caminos del alma —dijo el monje.

—El alma tiene su propio camino, y el ángel la guía —respondió el ermitaño—. Reza sin parar.

—No sé rezar de esa manera. Quiero que me enseñes.

—Si no sabes rezar sin parar, entonces reza pidiéndole a Dios que te enseñe a rezar sin parar.

—No me estás enseñando nada —respondió el monje.

—No hay nada que enseñar, porque no se puede transmitir Fe como se transmiten los conocimientos de matemáticas. Acepta el misterio de la Fe, y el universo se revelará.

Dice Antonio Machado:
>«Caminante, son tus huellas
>el camino, y nada más;
>caminante, no hay camino,
>se hace camino al andar.
>Al andar se hace camino,
>y al volver la vista atrás
>se ve la senda que nunca
>se ha de volver a pisar.
>Caminante, no hay camino,
>sino estelas en la mar.»

Dice el maestro:

Escribe. Ya sea una carta o un diario, o unas notas mientras hablas por teléfono, pero escribe.

Escribir nos acerca a Dios y al prójimo. Si quieres entender mejor tu papel en el mundo, escribe. Procura plasmar tu alma por escrito, aunque nadie lo lea; o, lo que es peor, aunque alguien acabe leyendo lo que no querías.

El simple hecho de escribir nos ayuda a organizar el pensamiento y a ver con claridad lo que nos rodea. Un papel y un bolígrafo hacen milagros, curan dolores, consolidan sueños, llevan y traen la esperanza perdida.

La palabra tiene poder.

Los monjes del desierto afirmaban que era necesario dejar que la mano de los ángeles actuase. Para ello, de vez en cuando, hacían cosas absurdas, como hablar con las flores o reírse sin razón. Los alquimistas siguen las «señales de Dios»; pistas que muchas veces no tienen sentido, pero que terminan llevándonos a algún lugar.

Dice el maestro:

No tengas miedo de que te llamen loco; haz algo hoy que no concuerde con la lógica que aprendiste. Altera un poco ese comportamiento serio que te enseñaron a tener. Ese pequeño detalle, por insignificante que sea, puede abrir las puertas a una gran aventura, humana y espiritual.

Un sujeto conduce un lujoso Mercedes Benz cuando se le pincha una rueda. Al intentar cambiarla, descubre que le falta el gato.

«Bueno, voy hasta la primera casa que encuentre y pido uno prestado —piensa, mientras camina en busca de ayuda—. Tal vez, el sujeto, al ver mi coche, quiera cobrarme algo por el gato —dice para sus adentros—. Un coche como éste, y yo buscando un gato; me va a cobrar diez dólares, tal vez me cobre cincuenta, porque sabe que necesito el gato. Se va a aprovechar, tal vez me cobre cien dólares.»

Y, a medida que anda, el precio va subiendo. Cuando llega a la casa, y el dueño abre la puerta, el sujeto grita:

—¡Es usted un ladrón! ¡Un gato no vale tanto! ¡Puede quedárselo!

¿Quién de nosotros puede decir que nunca se ha comportado de esta manera?

Milton Ericksson es el autor de una nueva terapia que comienza a ganar millones de adeptos en EE.UU. A los doce años de edad, fue víctima de la poliomielitis. Diez meses después de contraer la enfermedad, oyó a un médico que les decía a sus padres:

—Su hijo no pasará de esta noche.

Ericksson, enseguida, oyó el llanto de su madre. «¿Quién sabe? Si paso de esta noche, tal vez ella no sufra tanto», pensó. Y decidió no dormir hasta el amanecer.

Por la mañana, le gritó a su madre:

—¡Eh! Sigo vivo.

La alegría en la casa fue tanta que, a partir de ahí, decidió resistir siempre un día más, para retrasar el sufrimiento de sus padres.

Murió a los setenta y cinco años, en 1990, y dejó una serie de importantes libros sobre la enorme capacidad que el hombre posee para vencer sus propias limitaciones.

—Santo hombre —le dijo un novicio al padre Pastor—, tengo el corazón lleno de amor por el mundo, y el alma limpia de las tentaciones del demonio. ¿Cuál es mi próximo paso?
El padre le pidió que lo acompañase a visitar a un enfermo que necesitaba la extremaunción. Después de confortar a la familia, el padre vio que, en un rincón de la casa, había un baúl.
—¿Qué hay dentro de ese baúl? —preguntó.
—La ropa que mi tío nunca usó —dijo el sobrino del enfermo—. Siempre pensó que surgiría la ocasión oportuna para ponérsela, pero acabó pudriéndose ahí dentro.
—No olvides ese baúl —dijo el padre Pastor a su discípulo, cuando salieron—. Si tienes tesoros espirituales en tu corazón, ponlos en práctica ahora. O se pudrirán.

Los místicos dicen que, cuando comenzamos nuestro camino espiritual, queremos hablar mucho con Dios, y terminamos por no escuchar lo que Él tiene que decirnos.
Dice el maestro:
Relájate un poco. No es fácil; tenemos la necesidad natural de hacer siempre lo correcto, y creemos que lo conseguiremos si trabajamos sin cesar.
Es importante intentarlo, caer, levantarse y seguir adelante. Pero vamos a dejar que Dios nos ayude. En medio de un gran esfuerzo, miraremos en nosotros mismos, dejaremos que Él se revele y nos guíe.
Permitámosle que, de vez en cuando, Él nos acoja en su regazo.

Un joven que quería seguir el camino espiritual buscaba a un padre del monasterio de Sceta.

—Durante un año, paga una moneda a quien te agreda —dijo el padre.

A lo largo de doce meses, el muchacho pagaba una moneda siempre que era agredido. Al final del año, volvió junto al padre para saber el siguiente paso.

—Vete hasta la ciudad a comprar comida para mí —dijo.

En cuanto el muchacho salió, el padre se disfrazó de mendigo y, tomando un atajo que conocía, fue hasta la puerta de la ciudad. Cuando el muchacho se acercó, comenzó a insultarlo.

—¡Qué bueno! —comentó el muchacho con el falso mendigo—. ¡Durante un año entero tuve que pagarles a todos los que me agredían, y ahora puedo ser agredido gratis, sin gastar nada!

Al oír esto, el padre se quitó el disfraz.

—Estás preparado para el paso siguiente, porque consigues reírte de los problemas —dijo.

El viajero caminaba con otros dos amigos por las calles de Nueva York. De repente, en medio de la banal conversación, los dos empezaron a discutir y casi llegaron a pelearse. Más tarde, ya con los ánimos serenados, se sentaron en un bar. Uno de ellos le pidió disculpas al otro:
—Me he dado cuenta de que es mucho más fácil herir a personas que son cercanas —dijo—. Si fueses un extraño, me hubiese controlado mucho más. Sin embargo, precisamente por el hecho de ser amigos, y porque me entiendes mejor que nadie, acabé siendo mucho más agresivo. Ésta es la naturaleza humana.
Tal vez ésta sea la naturaleza humana, pero vamos a luchar contra ello.

Hay momentos en los que nos gustaría mucho ayudar a una determinada persona, pero no podemos hacer nada. Bien porque las circunstancias no permiten que nos acerquemos, o bien porque la persona se cierra ante cualquier gesto de solidaridad y de apoyo.
Dice el maestro:
Nos queda el amor. En los momentos en los que todo lo demás es inútil, aún podemos amar, sin esperar recompensas, cambios, agradecimientos. Si conseguimos comportarnos de esta manera, la energía del amor comienza a transformar el universo a nuestro alrededor.
Cuando esta energía aparece, siempre consigue hacer su trabajo.

El poeta John Keats (1795-1821) nos ofrece una bella definición de poesía. Si queremos, podemos entenderla también como una definición de vida:

«La poesía debe sorprendernos por su delicado exceso, y no porque es diferente. Los versos deben tocar a nuestro hermano como si fuesen sus propias palabras, como si estuviese recordando algo que, en la noche de los tiempos, ya conocía en su corazón.

»La belleza de un poema no está en la capacidad que tiene de dejar al lector contento. La poesía es siempre una sorpresa, capaz de dejarnos sin respiración durante algunos instantes. Debe permanecer en nuestras vidas como la puesta del sol: algo milagroso y natural al mismo tiempo.»

Hace quince años, en una época de profunda negación de la fe, el viajero estaba con su mujer y con una amiga en Río de Janeiro. Habían bebido un poco, y llegó un viejo compañero, con el que habían compartido las locuras de los años sesenta y setenta.

—¿Qué haces? —preguntó el viajero.
—Soy padre —respondió el amigo.

Al salir del restaurante, el viajero señaló a un niño que dormía en la acera.

—¿Ves cómo Jesús se preocupa por el mundo? —dijo.
—Claro que sí —respondió el padre—. Él puso a este niño delante de ti, y se aseguró de que lo vieses y de que pudieses hacer algo.

Un grupo de sabios judíos se reunió para intentar crear la Constitución más breve del mundo. Si, en el espacio de tiempo que un hombre necesita para guardar el equilibrio sobre un solo pie, alguien fuese capaz de definir las leyes que deberían regir el comportamiento humano, sería considerado como el más sabio.

—Dios castiga a los pecadores —dijo uno.
Los otros argumentaron que aquello no era una ley, sino una amenaza; la frase no fue aceptada.
En ese momento, se acercó el rabino Hillel y, poniéndose sobre un solo pie, dijo:
—No hagas a tu prójimo aquello que detestarías que te hiciesen a ti; ésta es la Ley. El resto son comentarios jurídicos.
Y el rabino Hillel fue considerado el más sabio de su tiempo.

El escritor Bernard Shaw vio un gran bloque de piedra en casa de su amigo, el escultor Epstein.
—¿Qué vas a hacer con este bloque? —preguntó Shaw.
—No lo sé, aún lo estoy decidiendo —respondió Epstein.
Shaw se sorprendió:
—¿Quieres decir que planeas tu inspiración? ¿No sabes que un artista tiene que ser libre para cambiar de idea cuando lo desee?
—Eso funciona cuando, al cambiar de idea, todo lo que tienes que hacer es arrugar una hoja de papel que pesa cinco gramos. Pero el que trabaja con un bloque de cuatro toneladas tiene que pensar diferente —fue la respuesta de Epstein.
Dice el maestro:
Cada uno de nosotros sabe la mejor manera de realizar su trabajo. Sólo el que tiene una tarea conoce sus dificultades.

El padre Juan Pequeño pensó: «Tengo que ser igual que los ángeles, que no hacen nada, y viven contemplando la gloria de Dios.» Aquella noche, abandonó el monasterio de Sceta y se fue al desierto.

Una semana después, volvió al convento. El hermano portero lo escuchó llamar a la puerta, y preguntó quién era.

—Soy el padre Juan —respondió—. Tengo hambre.

—No puede ser —dijo el hermano portero—. El padre Juan está en el desierto, convirtiéndose en ángel. Ya no tiene hambre, y no necesita trabajar para mantenerse.

—Perdona mi orgullo —respondió el padre Juan—. Los ángeles ayudan a los hombres. Ése es su trabajo, y por eso contemplan la gloria de Dios. Yo puedo contemplar la misma gloria, haciendo mi trabajo diario.

Oyendo las palabras de humildad, el hermano portero abrió la puerta del convento.

De todas las poderosas armas de destrucción que el hombre ha sido capaz de inventar, la más terrible, y la más cobarde, es la palabra. Los puñales y las armas de fuego dejan vestigios de sangre. Las bombas hacen temblar edificios y calles. Los venenos acaban siendo detectados.
Dice el maestro:
La palabra consigue destruir sin pistas. Niños condicionados durante años por los padres, hombres criticados sin piedad, mujeres sistemáticamente humilladas por comentarios de sus maridos. Fieles alejados de la religión por aquellos que se juzgan capaces de interpretar la voz de Dios.
Intenta ver si tú estás utilizando esta arma. Intenta ver si estás utilizando esta arma contra ti mismo. Y no permitas ninguna de las dos cosas.

Williams intenta describir una situación muy curiosa:

«Vamos a imaginar que la vida es perfecta. Estás en un mundo perfecto, con personas perfectas, que tienen todo lo que quieren, en el que todo el mundo lo hace todo correctamente, en el momento oportuno. En este mundo tienes todo lo que deseas, sólo lo que deseas, exactamente como lo soñaste. Y puedes vivir cuantos años quieras.

»Imagina que, después de cien o de doscientos años, te sientas en un banco inmaculadamente limpio, ante un paisaje magnífico, y piensas: "¡Qué aburrido! ¡Falta emoción!"

»En ese momento, ves un botón rojo delante de ti, que dice: "¡SORPRESA!"

»Después de considerar todo lo que esta palabra significa, ¿pulsas el botón? ¡Claro! Entonces entras por un túnel negro, y sales al mundo en el que estás viviendo en este momento.»

Una leyenda del desierto cuenta la historia de un hombre que iba a mudarse de oasis, y comenzó a cargar su camello. Puso encima de él las alfombras, los utensilios de cocina, los baúles de ropa, y el camello lo aguantaba todo. Al salir, se acordó de una linda pluma azul que su padre le había regalado. Decidió cogerla, y la puso sobre el camello. En ese momento, el animal se derrumbó con el peso, y murió.
«Mi camello no aguantó el peso de una pluma», debió de pensar el hombre.
A veces pensamos lo mismo de nuestro prójimo, sin entender que nuestra broma puede haber sido la gota que colmó el vaso del sufrimiento.

—A veces la gente se acostumbra a lo que ve en las películas, y termina olvidando la verdadera historia —dice alguien al viajero, mientras él mira el puerto de Miami—. ¿Se acuerda de *Los diez mandamientos*?
—Claro. Moisés, Charlton Heston, en un determinado momento levanta su báculo. Las aguas se dividen, y el pueblo hebreo atraviesa la gran masa de agua.
—En la Biblia es diferente —comenta el otro—. En ella, Dios ordena a Moisés: «Di a los hijos de Israel que se marchen.» Y después de que empiezan a andar, es cuando Moisés levanta el báculo, y el mar Rojo se abre. «Porque es la fe en el camino la que hace que el camino se manifieste.»

El párrafo fue escrito por el violonchelista Pau Casals:

«Yo estoy siempre renaciendo. Cada nueva mañana es el momento de recomenzar a vivir. Hace ochenta años que comienzo el día de la misma manera, y eso no significa una rutina mecánica, sino algo esencial para mi felicidad.

»Me despierto, me siento al piano, toco dos preludios y una fuga de Bach. Estas piezas son como una bendición en mi casa. Pero también es una manera de retomar el contacto con el misterio de la vida, con el milagro de ser parte de la raza humana.

»Incluso haciendo esto desde hace ochenta años, la música que toco nunca es la misma; siempre me enseña algo nuevo, fantástico, increíble.»

Dice el maestro:

Por un lado, sabemos que es importante buscar a Dios. Por otro, la vida nos distancia de Él; nos sentimos ignorados por la Divinidad, o estamos ocupados con nuestra rutina. Esto nos provoca un sentimiento de culpa: o creemos que estamos renunciando demasiado a la vida por culpa de Dios, o creemos que estamos renunciando demasiado a Dios por culpa de la vida. Esta aparente doble ley es una fantasía: Dios está en la vida, y la vida está en Dios. Basta ser consciente de ello para entender mejor el destino. Si conseguimos penetrar en la armonía sagrada de nuestra rutina, siempre estaremos en el camino correcto, y cumpliremos nuestra misión.

La frase es de Pablo Picasso: «Dios es un artista. Él inventó la jirafa, el elefante y la hormiga. En verdad, Él nunca intentó seguir un estilo, simplemente fue haciendo todo lo que le apetecía hacer.»

Dice el maestro:

Cuando empezamos a recorrer nuestro camino, un gran pavor nos invade; nos sentimos obligados a hacer todo lo correcto. Al final, ya que todos tenemos una única vida, ¿quién inventó el patrón de «todo lo correcto»? Dios hizo la jirafa, el elefante y la hormiga. ¿Por qué tenemos que seguir un modelo?

El modelo sólo sirve para mostrar cómo los demás definieron sus propias realidades. Muchas veces admiramos los modelos de los demás, y muchas veces podemos evitar errores que otros ya cometieron. Bueno, y en cuanto a vivir, para eso sólo tenemos competencia nosotros.

Varios judíos piadosos rezaban en una sinagoga, cuando empezaron a escuchar una voz infantil que decía:
—A, B, C, D.
Intentaron concentrarse en los versos sagrados, pero la voz repetía:
—A, B, C, D.
Poco a poco fueron parando de rezar. Cuando miraron hacia atrás, vieron a un niño que seguía diciendo:
—A, B, C, D.
El rabino se acercó al muchacho:
—¿Por qué haces esto? —preguntó.
—Porque no sé los versos sagrados —respondió el niño—, entonces, tengo la esperanza de que, recitando el alfabeto, Dios coja estas letras y forme las palabras correctas.
—Gracias por esta lección —dijo el rabino—. Y que yo pueda entregarle a Dios mis días en esta tierra de la misma manera que tú le entregas tus letras.

Dice el maestro:

El espíritu de Dios presente en nosotros
se puede describir como una pantalla de cine.
Por ella pasan varias situaciones, personas
que se aman, personas que se separan,
tesoros que son descubiertos, países remotos que
se rebelan.
No importa cuál sea la película que se está
proyectando: la pantalla permanece siempre
igual. No importa que corran las lágrimas, o
que la sangre corra, porque nada puede
manchar la blancura de la pantalla.
Al igual que la pantalla de cine. Dios está ahí,
detrás de toda la agonía y del éxtasis de la vida.
Todos lo veremos cuando nuestra película se
termine.

Un arquero caminaba por los alrededores de un monasterio hindú conocido por la dureza de sus enseñanzas cuando vio a los monjes en el jardín, bebiendo y divirtiéndose.

—Qué cínicos son aquellos que buscan el camino de Dios —dijo el arquero en voz alta—. Dicen que la disciplina es importante, ¡y se embriagan a escondidas!

—Si dispararas cien flechas seguidas, ¿qué le pasaría a tu arco? —preguntó el más viejo de los monjes.

—Mi arco se rompería —respondió el arquero.

—Si alguien va más allá de sus propios límites, también rompe su voluntad —dijo el monje—. El que no equilibra trabajo con descanso, pierde el entusiasmo, y no llega muy lejos.

Un rey mandó a un mensajero a un país lejano, llevando un acuerdo de paz para firmar. Para aprovechar el viaje, el mensajero les comunicó el hecho a algunos amigos que tenían negocios importantes en aquel país. Éstos pidieron al mensajero que se retrasase algunos días y, a causa del acuerdo de paz, escribieron nuevas órdenes, y cambiaron la estrategia de sus negocios.

Cuando el mensajero finalmente viajó, ya era tarde para el acuerdo que llevaba; la guerra estalló, y destruyó los planes del rey y los negocios de los comerciantes que retrasaron al mensajero.

Dice el maestro:

Sólo existe una cosa importante en nuestras vidas: vivir nuestra Leyenda Personal, la misión que nos ha sido destinada. Pero siempre terminamos por sobrecargarnos de ocupaciones inútiles, que acaban destruyendo nuestros sueños.

El viajero está en el puerto de Sidney, mirando el puente que une las dos partes de la ciudad, cuando se le acerca un australiano y le pide que le lea un anuncio del periódico.

—Son letras muy pequeñas —dice el recién llegado—. No veo bien y me dejé las gafas en casa.

El viajero tampoco lleva sus gafas de lectura. Pide disculpas al hombre.

—Entonces es mejor olvidar este anuncio —dice él tras una pausa. Y como desea continuar la conversación, comenta—: No sólo somos nosotros dos. Dios también tiene la vista cansada. No porque sea viejo, sino porque lo quiso así. De este modo, cuando alguien cercano a Él comete algún error. Él no puede verlo bien, y acaba perdonando a la persona, por temor a ser injusto.

—¿Y las cosas buenas? —pregunta el viajero.

—Bueno, Dios nunca se olvida las gafas en casa —se ríe el australiano, alejándose.

—¿Hay algo más importante que la oración —le preguntó el discípulo al maestro.
El maestro le pidió al discípulo que fuese hasta un árbol cercano y que cortase una rama. El discípulo obedeció.
—¿El árbol sigue vivo? —preguntó el maestro.
—Tan vivo como antes —respondió el discípulo.
—Entonces, vete hasta allí y corta la raíz —le pidió el maestro.
—Si lo hago, el árbol morirá —dijo el discípulo.
—Las oraciones son las ramas de un árbol, cuya raíz se llama fe —dijo el maestro—. Puede haber fe sin oración, pero no puede haber oración sin fe.

Santa Teresa de Ávila escribió:
«Acuérdate: el Señor nos
invitó a todos y, como Él es la pura verdad,
no podemos dudar de esta invitación. Él dijo:
"Venid a mí los que tengáis sed, yo os daré
de beber."
»Si la invitación no fuese para todos nosotros, el
Señor habría dicho: "Venid a mí todos los que
queráis, porque no tenéis nada que perder. Pero
solamente daré de beber a aquellos que estén
preparados."
»Él no impuso ninguna condición. Basta con
caminar y querer, y todos recibirán el Agua Viva
de Su amor.»

Los monjes zen, cuando quieren meditar, se sientan ante una roca: «Ahora voy a esperar a que esta roca crezca un poco», piensan.

Dice el maestro:

Todo a nuestro alrededor está cambiando constantemente. Todos los días, el sol ilumina un mundo nuevo. Aquello que llamamos rutina está repleto de nuevas propuestas y oportunidades. Pero no notamos que cada día es diferente al anterior.

Hoy, en algún lugar, un tesoro te espera. Puede ser una pequeña sonrisa, puede ser una gran conquista, no importa. La vida está hecha de pequeños y grandes milagros. Nada es aburrido, porque todo cambia constantemente. El tedio no está en el mundo, sino en la manera en la que vemos el mundo.

Como escribió el poeta T. S. Eliot: «Recorrer muchas carreteras / volver a casa / y verlo todo como si fuese la primera vez.»

*Oh, María,
sin pecado
concebida,
rogad por nosotros,
que a Vos recurrimos.
Amén.*